全景再现**二战**风云
还原历史真相·解读战争谜团

希特勒四大爪牙之一

邓尼茨

李乡状◎编著

团结出版社

图书在版编目（CIP）数据

希特勒四大爪牙之一邓尼茨 / 李乡状编著. –– 北京：
团结出版社, 2015.1（2022.11重印）

ISBN 978-7-5126-3347-6

Ⅰ.①希… Ⅱ.①李… Ⅲ.①传记小说—中国—当代

Ⅳ.①I247.5

中国版本图书馆CIP数据核字(2014)第298000号

出　版：团结出版社
　　　　（北京市东城区东皇城根南街84号　邮编：100006）
电　话：（010）65228880　　65244790（出版社）
　　　　（010）65238766　　85113874　　65133603（发行部）
　　　　（010）65133603（邮购）
网　址：http://www.tjpress.com
E-mail：zb65244790@163.com（出版社）
　　　　fx65133603@163.com（发行部邮购）
经　销：全国新华书店
印　刷：三河市华晨印务有限公司

开　本：710毫米×1000毫米　　16开
印　张：15
字　数：170千字
版　次：2015年1月　第1版
印　次：2022年11月　第4次印刷

书　号：978-7-5126-3347-6
定　价：68.00元

前　言

第二次世界大战已经结束70年了，而那已经逝去的历史却被人们铭记。在那个历史时期里，呈现的鲜活的面容仍旧浮现在人们眼前。无论是值得树碑立传的伟人，还是默默无闻的小人物，都是那一段惨烈的不堪回首的历史的缔造者。

回溯整个第二次世界大战的历史，以史为鉴，对于我们今天的生活是十分必要的。只有这样才能够更好地把握现在，面对未来。

希特勒被后人称为战争狂人。在第二次世界大战中，以他为"元首"的第三帝国四处侵略，给世界各国人民带来沉重的灾难。致使生灵涂炭，千百万人无辜惨死。尽管在"二战"中纳粹分子曾把希特勒神化，可是生活中的希特勒并不是神，他野心勃勃企图用法西斯主义达到统占世界的美梦，非仅凭他一己之力便能实现。戈林、希姆莱、龙德施泰特和邓尼茨，都是"二战"中的特殊人物，是希特勒手下的四大爪牙，是希特勒反人类战争的帮凶，希特勒和他们一起制造了这段惨绝人寰的杀戮。他们是希特勒反人类思想的执行者，是实现希特勒命令的急先锋。但正义的力量是永远不可战胜的，最终，希特勒的四大爪牙也同希特勒一道永久被人们钉在历史的耻辱柱上。

历史就是历史，不会以个人的好恶为转移。戈林——第三帝国的元帅兼空军司令，是希特勒一心想扶植起来的第三帝国接班人,仅凭长袖善舞和唯首是瞻,他很快就赢得了希特勒的重用。对于这一切, 直到希特勒即将离开这个世界的那一天才如梦方醒,真正地认识了戈林的昏庸无能以及不忠,但一切都木已成舟。尽管希特勒在政治遗嘱中对他措辞严厉地指责,但也只能是一种无谓的泄愤,历史不能改写。

无论戈林在第一次世界大战中的光环有多么耀眼,即使是德国人赞不绝口的英雄,也无法抹杀他在第二次世界大战中的滔天罪恶,以及他令人啼笑皆非的军事指挥才能。翻看有关戈林的所有历史材料,比照、分析、总结,就不难发现,原来戈林竟然是一个"二战"史上值得从各个不同角度深思的人物。

在整个第二次世界大战中,希特勒把"党卫军"作为自己的"心腹"。小个子海因里希·希姆莱作为党卫军的首领,成为希特勒手中一张津津乐道的王牌。希姆莱控制纳粹帝国庞大组织——党卫军,消除异己,残害无辜人民。德国《明镜》周刊称他是"有史以来最大的刽子手"。后来第三帝国面临土崩瓦解之时,被希特勒视为王牌的希姆莱却另树旗帜,派人暗杀希特勒。希特勒与希姆莱这种亲如家人又干戈相向的关系是整个第二次世界大战中最富有戏剧色彩的故事。

有一些热血男儿,注定在硝烟弥漫的战场上谱写他的人生旅程。在第二次世界大战中,称作"纳粹军魂"的陆军元帅龙德施泰特就是这样的人。战场是他展现聪明才智的地方,他一次又一次卓越的指挥证明了这一切。抛却对战争性质的价值评判,就其战争胜负而论,龙德施泰特屡立战功,在攻打法国的战役中,他所指挥的部队所向披靡,绕过了马奇诺防线,使得固若金汤的法国防线在德国坦克的攻击下土崩瓦解。法国的军队全线溃退，一个多月便投降。如果不是希特勒怕龙德施泰特孤军冒进，错误地阻止了他的进攻，敦刻尔克大撤退的历史将会改写。可是历史就是历史，龙德施泰特虽然忠心效命于希特勒，可是他的主子却总给他错误的指令，使他的军事天才被掩盖下来。当我们重新整理第二次世界大战的史料，重新评估龙德施泰特的功过是非，不难得出这样的结论——龙德施泰特不仅是希特勒法西斯战争军事上的左膀右臂，而且也是希特勒最不信任的元帅。虽然龙德施泰特尽职尽责，可希特勒却先后四次将其免职。龙德施泰特一生中的错误选择也为后来人提供了借鉴。

在希特勒的爪牙中，海军元帅邓尼茨无疑是希特勒的又一张王牌。邓尼茨对指挥海战时的运筹帷幄，足以让他不愧于"海军统帅"的称号。高远的眼光、过人的智慧与先进的科技相结合，使德国海军在许多海战中获得了胜利。邓尼茨创造的辉煌"战果"，让希特勒欣喜若狂。邓尼茨也自然成为希特勒手下众多著名将领中最让其满意的军事将领。邓尼茨的帅才和忠心成为希特勒在自杀之前，将政治遗嘱中的接班人的名字写为邓尼茨的理由。正因如此，才有邓尼茨以德国最高领导人的身份，在第二次世界大战中与盟军签订了停战协议的一幕。"二战"结束以后，邓尼茨被判处有期徒刑十年。刑满释放后，他依然抱着纳粹军国主义的复国梦想，从事法西斯复辟活动。但历史发展的进程告诉人们，纳粹军国主义的路线是不可能实现的。

第二次世界大战从酝酿到爆发再到结束，正义的与非正义的力量以军事战争的形式、政治斡旋的形式，明面上和暗地里不断地较量着。为了在这些较量中占据主动，获得更多取胜的筹码，间谍这个特殊的战斗身份大量地出现在看不到硝烟的战场上。这些冠名以间谍的人，无畏生死，用鲜血和生命换取对自己国家有利的军事情报。当这些间谍的身份公之于众，当他们的功绩被世人所知之后，历史上那些悬而未决的疑案，便被揭晓。

在书写这些人物及历史事件时，我带领我的学生们查阅了大量的历史档案。江洋、王爱娣、何志民、张杨、祖桂芬、朱明瑶等人也作了部分内容的编写与修改。特别是收集了大量的外文版原始资料，总结了众多的专家、学者对那一历史时期的不同见解，来介绍笔下的人物。所以，我们提笔书写的这些生活在敌人中间的间谍与反间谍时，才能如此有血有肉；内容才能如此详实而丰富。当然，之所以间谍故事、战争人物故事，如此被世人津津乐道，并非我们笔力过人，而是故事本身的错综复杂、引人入胜。是人物本身的人性光辉、人格魅力感染了大家。

说尽滔天浪，难抵笔纵横。我从事编写"二战"史图书多年，这个创作领域是我写作生活中最为着力的地方。时至今日，已经有近30本图书先后出版，这些图书中的文字历经了二十多年风霜雪雨的打磨，倾注了我的心血和努力。在这里，我非常感谢为这些图书出版所做出过不懈努力的老师和学生们，以及有关人士。最后，由于个人的学识水平有限，难免有疏漏，敬请批评指正。

李士状

2014年12月

目 录

第一章

将军成长历程

邓尼茨成长的时代

在第二次世界大战中,作为德军海军总司令,海军元帅的卡尔·邓尼茨有许多令人回味的故事。

第二次世界大战给世界人民留下了深深的伤痛,那是一个由血与火书写的年代,屠杀与侵略使纳粹德国一步步走向罪恶的深渊。同时,全世界各国人民在反对法西斯侵略和争取民族解放的斗争中,用生命和鲜血铸就了历史的丰碑。"二战"时期法西斯德国的海军总司令、海军元帅邓尼茨的名字,也随着纳粹德国的覆灭而被钉在了人类历史的耻辱柱上。邓尼茨是希特勒的四大爪牙之一,也是希特勒在自杀之前亲自选定的接班人。

不可否认的是第二次世界大战时期,纳粹德国阵营中有许多名将和邓尼茨一样声名远播。如有军人世家出身,在德军指挥系统受过完整的军事理论培养,除了在战役指挥能力上颇为优秀之外还具有极高战略天赋的"闪电利剑"曼施坦因;也有连丘吉尔都大为称赞的"沙漠之狐"隆美尔;还有世界现代装甲战的先驱,以自己超前的军事思想和过人的组织才能一手创建了强大的德国坦克部队的"装甲怪杰"古德里安。

这些人物曾经在各自的职位上取得过辉煌的战绩以及举世瞩目的成就,虽然最后的结局是以失败而告终。但法西斯德国推行反人类的屠杀暴行,历史铸就了他们的失败是必然的。那些声名远播的将军们和邓尼茨一样，错误地选择了他们的阵营和统帅，为侵略者统兵打仗，将自己的才能发挥在了残害别国的人民之上。他们的侵略行为历史上早有定论，但是军事评论家们也并没有因此而否定他们杰出的军事指挥才能和战略理论水平。

在将星云集的德军阵营里，邓尼茨的光环可能要稍显黯淡，但作为从实战中逐步成长起来的海军统帅，他也自有一套独特的统军用兵之道。他创造的"狼群战术"曾令英国和美国的护航舰队损失惨重，一度只能处在被动挨打的地位；他带领亲自创建的潜艇部队挑战三百年来的海上霸主英国，一路上与强大的对手战得有来有往；他还有过人之处，能在与戈林和希姆莱的竞争中脱颖而出，最终成为了希特勒"钦点"的第三帝国继承人，这些都值得我们一同回顾他的成长历程。

德意志历史学家和作家席勒曾在 1795 年作诗讽刺道：德意志到底在什么地方？我真的不知它的所在。理论与学术上的德意志从哪儿开始，那么，政治上的德意志就在哪儿结束。歌德也曾痛苦地说：人们无法在任何一个地方坚定地指出，这就是德国！如果人们在维也纳，就一定会毫无犹豫地说出，这就是奥地利！

实际上，这两位德国文化界的杰出人物都是在感叹德意志在历史上的四分五裂。太长时间的民族隔阂和政治分裂使得各个大小邦国不得不分别依附于其他大国，而在事实上造成了的德意志民族被其他国家当做争霸的工具和牺牲的棋子。

这种情况，一直持续到了 1871 年铁血宰相俾斯麦武力统一德意志时，才结束了"德意志的统一只是一个神话"的这种认识。当时有这样想法的人不在少数，和俾斯麦同时代的奥地利首相梅特涅就抱有这样的想法，但最终，俾斯麦还是完成了这件历史性的业绩。

四分五裂的国家，总是带给人们无穷无尽的战争和灾难。无论附庸于

哪一方，都不可避免地卷入战火。和平时期，这些德意志小邦就是宗主国税收的其中一个主要来源，它们的人民要为其他国家贵族的奢侈生活买单；战时则沦为了替这些国家冲锋陷阵的炮灰。所以俾斯麦一统德国的功业才会永远被德国的后人所铭记。然而，肤浅的继承者们却只看到了他为统一大业而煽动的民族沙文主义，甚至把进步的民族主义发展成了更加激进的极端民族主义。威廉二世和希特勒在短短二十几年时间里挑起了两次世界大战就是最好的写照。前者丢掉了王位，后者丢掉了性命，还几乎把整个世界都拖进战火之中。而许多普通人也因此而卷入了战争的洪流，成千上万的人流离失所，无家可归。还有许多人被战争无情地夺走了宝贵的生命。

正是因为身处这个历史时期，邓尼茨选择了硝烟弥漫的战场，成为一名以服从为天职的军人、将军、元帅。

希特勒四大爪牙·邓尼茨

幼年丧母倔强成长的少年

　　在德国易北河旁萨勒河口柏林近郊有一个小镇,叫格林瑙。这里风光秀丽,以酿麦子酒而闻名。1891 年 9 月 16 日,卡尔·邓尼茨在他家族生活了几百年的庄园里出生了,这个健康男婴的降生给家族带来了不小的惊喜。他的父亲埃美尔·邓尼茨当时是一座工厂的工程师,母亲安娜·拜尔在生下他之前已经生育过一子,就是卡尔·邓尼茨的哥哥弗里德里希·邓尼茨。小卡尔的到来,让这个家族最新一代变得更加富有生气,同时也似乎预示着,这个家族最新的这两位男性成员将会为它的家史书写一段充满阳刚的内容。

　　很多人心中都有崇拜的偶像。埃美尔·邓尼茨本人作为统一后的德国人,一直以来十分崇拜国王威廉一世。从对德国的功业上来讲,威廉一世是一位可以媲美中国汉高祖刘邦的皇帝,德意志统一就是在他手中完成。他任用的三位臣属也正如萧何、张良、韩信一样,为皇帝文征武讨,打下了德意志第二帝国的局面。

　　威廉一世国王在宣布德意志帝国建立的庆功宴上对他的"三杰"说:"您,罗恩将军,把宝剑磨得闪亮;您,毛奇将军,将宝剑的威力发挥到最大;您,俾斯麦伯爵,多年来一直正确地执行着我的政策。所以,每当我看到今天的繁荣,就特别地想到你们三位。"埃美尔·邓尼茨经常在教育自己儿子的时候把国王威廉一世和铁血宰相俾斯麦挂在嘴边上，卡尔·邓尼茨从小耳濡目染，因此对这些德国历史上的风云人物有着相当多的了解，后来对普鲁士的历史也有很深的研究。这使他从小就已经拥有了一定的民族主义倾向。

家庭环境以及家教对人的成长往往产生很大的影响。邓尼茨的家族是世袭的庄园主，家教很严。望子成龙的父辈们，把一些自己无法实现的梦想，寄托在这个新生的小生命身上。当时德国统一后，普鲁士的军国主义传统深入人心，军人世家自不必说，即使是王室子弟也会从小接受普鲁士的军事训练。威廉二世登基之后也常住军营，经受了相当一段时间的军旅历练。埃美尔·邓尼茨希望两个儿子未来能够长大成才，对弗里德里希和卡尔的要求也因此而颇为严格，总是督促他们训练、学习，同时也注意培养他们在一些有意义的方面的兴趣。这让当时还十分年幼的兄弟俩感觉到很辛苦，不过幸好，他们的身边还有母亲安娜·拜尔无微不至的照顾，才使得他们的童年在无忧无虑当中度过，他们俩也真正感觉到自己时刻都有母亲的庇佑。

不幸的是，善良温柔的安娜·拜尔并没有能陪伴他们多久，在卡尔·邓尼茨4岁的时候，她就因病而撒手人寰了。父亲埃美尔·邓尼茨为此悲痛欲绝。此时的弗里德里希和卡尔还小，还不能体会来到家中处理母亲后事的大人们的种种行为。大人骗他们说母亲要出远门了，两个孩子也信以为真。直到下葬的那一刻，卡尔·邓尼茨看着母亲冰冷的身体在棺木中被放入墓穴，才突然明白了妈妈已经永远离开了自己这个事实。随着这个人的离去，他的世界变得一片漆黑，再也没有人在他遇到困难时挺身而出了。

这一刻，撕心裂肺的痛楚在吞噬着他幼小的心灵，无法承受失去挚爱亲人的痛苦，两个孩子相继大声哭了出来。在妻子去世之后父亲一直强打

希特勒四大爪牙·邓尼茨

精神硬撑着的精神也在这一刻瞬间崩溃,他脚步踉跄地走上前去,把两个已经和亲生母亲天人永隔的孩子搂在怀中,用爱抚的双手轻轻滴抚摸着他们。

母亲的去世,让这个家庭当中原本和谐的关系结构变得缺失了一角。许多本来不应该是小哥俩这个年纪应该干的活儿,现在也不得不尝试着去做。尽管父亲埃美尔对两个孩子无微不至的关照,可是因为工作忙碌,总是有一些他关照不到的地方。哥哥弗里德里希虽然比卡尔懂事一些,但是由于性格比较懦弱,所以凡事都要卡尔出主意。小小的卡尔过早地承担了他这个年纪所不应该承担的一切。生活当中的磨练,使卡尔迅速地成长。

每个人都是一个复杂的矛盾体,成长的环境对性格的养成起着重要的作用。

失去母亲的邓尼茨从此变得沉默寡言了。他知道,尽管家境优越,有一些仆人为他料理生活,照顾他的饮食起居,但是有些事情他必须要自己拿主意。

父爱在卡尔的心目当中是伟大的,但埃美尔却不能事事都能够及时地照顾到小卡尔。因为这一时期卡尔的启蒙教育已经变得赶不上其他的孩子了。不仅如此,卡尔还无缘无故地与邻居的小朋友们打架。有时,小伙伴们在一起玩耍,可是卡尔却经常故意挑衅,欺负他人。由于哥哥和他不在一起的时候,挑衅的小卡尔往往是被动挨打,这一时期他就变得更加脾气暴躁,有时一些家具或玩具便成了他的出气筒。他经常把这些东西弄得乱七八糟,内心对于事物也过于敏感。卡尔·邓尼茨的所作所为已经和坏孩子没有什么两样了。这一时期父亲埃美尔了解了这些情况以后,内心里也很着急,并给小卡尔请来了家庭教师劳雷尔,来做他的心理辅导,排解他心中的苦闷,以使他尽快转变成阳光快乐的男孩。

尽管劳雷尔尽职尽责,严肃认真地管教着小卡尔,可是小卡尔依然是我行我素,对劳雷尔所讲述的一切视而不见,听而不闻。为了及时地纠正小卡尔身上的缺点和毛病,劳雷尔使出了浑身解数,不停地采用各种方法为小卡尔疏导不满的情绪,并找来一些让他摔打的玩具,借以发泄心中的不满。可是经过一段时间的调教,小卡尔一点长进也没有,他似乎不把劳雷尔放在眼里,对此劳雷尔对他一点儿办法也没有。就这样下去,还不到两个月,劳雷尔便提出了辞职。

　　劳雷尔走后,小卡尔变得更加孤单了,也沉默寡言了。

希特勒四大爪牙·邓尼茨

父亲的教育

俗话说，父母是人生的第一任老师，在母亲去世后，卡尔和弗里德里希的家庭教育就成为了埃美尔·邓尼茨一个人的工作。在送别妻子之后，这位父亲很快就发现小儿子变得特别敏感，究其原由，想必就是因为在之前母亲的去世给他带来了太大的伤害，他羡慕其他有母亲的小孩，所以变得自卑、敏感。父亲知道后既心疼又担忧，怕他这样下去会形成不良的性格，尽管他聘请了劳雷尔拿小卡尔没有办法，但是埃美尔打定了主意，一定要想办法改变儿子卡尔的心态。

在那段时间，埃美尔·邓尼茨过得很不轻松，他的一颗心要掰成两半，既要努力工作养家糊口，还要照顾两个年幼的儿子。尽管生活殷实，作为成年人他也不能因为照顾孩子而放弃工作。所以只能利用业余时间，在生活上体贴照顾他的两个儿子，同时在学业和人性塑成上也一丝不苟。不过，这一次他不再采用强制灌输的方式生搬硬套，将枯燥的知识与道德标准强行灌到儿子的头脑中，而是想方设法搜集寓意深刻的故事，把前人的经验、德国的历史、做人的道理都凝缩在每天亲子诵读的一个个小故事里。

夜的到来，常会令孩子更加思念母亲。卡尔·邓尼茨从前每天晚上都要听着母亲唱的摇篮曲才能入睡，后来父亲就会在他睡前给他讲故事，小卡尔最喜欢听勇士的故事。

故事分为两部分,第一部分是"西格弗里德之死",第二部分是"克林希尔德的复仇"。在爱情篇章中的复仇故事是全世界文学中永恒的主题,这些故事给许多涉事不久的孩子造成很大的影响。故事中付尽辛苦,最后复仇成功的英雄往往成为孩子们心目中的偶像。小卡尔也是如此,他经常把自己幻想成为故事当中的主人公去设身处地的设想着故事发展的几种可能,有时甚至做出了一些不切实际的假设。在假设中,小卡尔爱憎分明,总是希望故事在完美结局中收官。故事本身就是故事,历史不能假设,然而那个时期的小卡尔可能还不明白这个道理。

　　这个故事改编成很多版本,自中世纪高地德语的叙事诗,也有人把它称为德语的《伊里亚特》。故事虽然源自于5世纪的英雄传说,但是却与很多历史片段和历史人物相融合,书写成了感人至深的伟大诗篇。当时在德国一部分人的心目中,这个故事就是胜过荷马史诗的伟大诗篇。

　　这个故事邓尼茨百听不厌,直到后来自己都能给别人讲述,可是每次再重复听到的时候,还是深深地被故事的情节所吸引。

　　除此之外, 埃美尔讲得最多的还是老威廉国王统一德意志的故事,还有红胡子弗里德里希当国王时德国的猎犬骑士远征的故事,历史上的民族大迁徙和日耳曼民族英雄的故事。这些形形色色的故事深入卡尔·邓尼茨的内心,培养了他强烈的民族自豪感和勇于冒险的精神,在他日后统帅海军作战时深深影响着他。

希特勒四大爪牙·邓尼茨

　　生活中使人不断的成长和进步,在父亲的悉心呵护和教育之下,小卡尔逐渐改变了缺点毛病,走出了因母亲去世带给他的阴影。他又重新变得开朗活泼了。

　　童年是人们记忆的最佳时期,卡尔·邓尼茨的记忆力好得惊人,他能把父亲讲给他听的睡前故事,几乎全部按照原样用语言复述出来,有的地方还能加上自己的理解和想象。有时,在小朋友中间,他还能绘声绘色地讲给别人听。看到他的转变,尽管他在小朋友们中讲述着自己编改的故事,有的实在荒诞离奇,却让父亲喜上眉梢。他发现小卡尔已经真正地成长了。埃美尔发现在故事中小卡尔渐渐变得愿意和小朋友们分享自己听到的好故事,也渐渐融入了其他小孩之中,不再惹是生非了。这是让埃美尔感到最为欣慰的事情。

在生活中,父亲渐渐地发现卡尔·邓尼茨对勇于战斗、拼命厮杀的战争英雄很感兴趣,他对有着非凡能力开疆拓土斩获无数的英雄事迹格外着迷。往往埃美尔第一次讲某个故事,卡尔·邓尼茨是听得最认真的,他还不知道英雄的最后结局,还纠缠在曲折离奇的故事情节之中。但是第二次甚至更多次再听这个故事,他就不自觉地把自己代入英雄故事中,跟父亲讨论起来,每到英雄战斗的关键时刻也是他和父亲争吵最严重的时候,他会坚持自己的见解,认为他的英雄只要像他那样做就会立于不败之地,总是站在事业的最巅峰。

这样一来埃美尔就难以应对了,他所讲的故事历史上史实俱在,即便是传说没有历史根据,可是世人都是这样流传的,他也不能随意篡改。这时他既头痛小儿子要他改变千百年来就流传的故事结局,又欣慰他的儿子有勇气挑战已有的定论,并且坚持他自己的主张和见解。

不能否认卡尔·邓尼茨当时的很多想法都是异想天开的,不符合历史现实的。就像远古时代的战争,卡尔偏偏设想他的英雄能使用重武器、迫击炮,从天上扔炸弹配合陆地作战;当然不过也有小部分是合情合理的,埃美尔也不得不对儿子的想象力感到佩服,如果事情真像卡尔所说,那么历史真的可能要改写了。

童年的生活是无忧无虑的。家乡美丽的自然景观常常引起年幼的邓尼茨无限的遐想。站在美丽的易北河畔，望着脚下河水悠然远去，回首两岸无限风光，充满田园浪漫的小镇，尽情展现德国的浪漫与美丽。易北河的源头起始于捷克、波兰边境，流经德国以后，再注入北海，无论是航运功能还是灌溉功能都稍逊于莱茵河。但对于当地人来说，却是一条不可替代的故土印记。在邓尼茨心中，河边更是他一直以来最喜爱的游玩的地方，从易北河上飘来清新的燕麦啤酒香气，与河岸两边的建筑田野，无不让他有一种自由却又温暖的归属感。

邓尼茨家族有一座占地面积不小的庄园，它的建造年代久远，装饰与其中建筑物的造型古朴厚重。上面覆盖的青苔藤蔓弥合了这些冰冷坚硬的人工造物与周边环抱的树荫草地之间的分界，其形其质和外界的环境俨然融为一体。古老的庄园就像人间仙境，占地广阔，环境清幽，是孩子们玩耍的理想场所。埃美尔年轻时也喜欢在自家的庄园里漫步，偶尔陪同爱妻跑马钓鱼，花前月下，但自从安娜·拜尔去世后，他再也没有了那样轻松闲逸的心情，为了避免触景伤情，他将消遣的方式转为了在工作中吸烟和计算孩子们的身高。弗里德里希和卡尔渐渐走出丧母之痛的阴影，恢复幼年孩童的活泼，时常央求父亲在庭院里陪他们一起玩乐。埃美尔不忍心因为自己的情伤而委屈了孩子们，尽量在他们户外玩耍时陪伴他们，尽管这是撕裂他心底的伤痛，他也不忍借口公务繁忙、要养家糊口推掉儿子们的邀请。

在这段时间里，时光仿佛慢慢变得美好起来，埃美尔成了弗里德里希和卡尔的大玩伴，他们在室内一起读书、一起讲故事，在户外一起爬山、一起钓鱼、一起划船，埃美尔渐渐敞开胸怀，他不仅仅是因为想要补偿儿子们失去了母亲，而是自己真的投入到了与儿子相处时的快乐。他还教他们骑马、打猎、射击。卡尔·邓尼茨最喜欢扮成将军统帅着他想象中的士兵攻城略地、扬威疆场。

希特勒四大爪牙·邓尼茨

在游戏之中,弗里德里希和卡尔都不愿意兄弟比自己的军衔高,都想做发号施令的最高军事统帅,两人常常为了争当将军吵得不可开交。最后的结果就是他们两个都是将军,只有爸爸一个人扮作小兵,爸爸既是弗里德里希将军的士兵,又是卡尔将军的士兵,执行两个将军的命令就得自己打自己,后来兄弟俩也发现这个游戏玩不下去了。

再后来他们把战争扩大,邻居家的小孩都"参军"了,他们手下的士兵就多了,两兄弟可以各自带着自己的人马摆开阵势比试一场了。可是新的问题又出现了,谁都想当师出有名的正义之师,自己的官职一定要比叛军的官职高。弗里德里希要扮少校,卡尔就要扮上校;弗里德里希要扮少将,卡尔就一定要扮上将。

后来弗里德里希骗卡尔说"校"比"将"大,卡尔才同意哥哥扮成少将而自己扮成上校,整整"大"出六级。而有意思的是,邓尼茨中学毕业后真的参加了海军,从一个普通士兵渐渐升到海军元帅,当年那场游戏的伙伴和大哥弗里德里希没少在之后的岁月里拿这场游戏争夺来取笑卡尔·邓尼茨。

天下的父母都会为自己的儿女的成长付出无尽的心思和方法,在父亲的精心照顾和体贴考量之下,母亲去世的阴霾渐渐散去,卡尔·邓尼茨和哥哥在父亲倾注了极大的爱温暖他们冰冷的心田之后渐渐走出了那段黑暗的日子,并且把父亲视为了他们最亲近的玩伴,父子关系比从前更加亲密了。每天早上,父亲向他们敬军礼问好,然后带他们到外面军训。说是军训其实就是玩耍,他给儿子一人削了一把小木剑,叫他们用石块泥土修建堡垒,两人互换攻防。

这个训练游戏正好可以发泄两个小孩子充沛的精力,他们不断地进攻、防守,乐此不疲。虽然在孩子们玩得正起劲的时候,父亲偶尔失神的眼光也许泄露了他心底深深的伤痛,但是以两个小孩子的理解能力是不太可能确切地明白目光中的含义，他们只能归结为父亲对他们绵绵不尽的爱意。

埃美尔·邓尼茨为两个儿子能在单亲的家庭里健康成长，考虑得无微不至，他们再大一点就可以接受系统的正规教育，基本就不用他操心了。但是在他们正式迎来就读年龄之前的这段时间是一个非常关键的时期，对他们性格的养成也很重要。在这样的家境之下，这些孩子虽然衣食无忧，也不会产生自闭的情况，然而，他们每天的生活环境就只是局限在家乡和庭院这样一个狭小的范围里，很容易变得视野狭小，与外面广阔的世界之间失去心灵上的联系。走出庄园，遍地都是青野，青山绿水之间，自然景色美不胜收。只有走出庭院与小伙伴们玩耍在一起，卡尔和弗里德里希的心才能自由地飞翔。

虽然自己只是一个生活在乡村地区的庄园主，但是埃美尔接受过正统的教育，有着科学的世界观和知识观。他明白，在少年时代，对于孩子的眼界与心界的启蒙是非常重要的事情。这甚至能够决定一个人在未来成长发展的道路上究竟能够走出多么远的距离和成就多么大的业绩，

他不想继续让孩子们在这样一个无法放眼看待自然和世界的小村镇上度过他们的童年。为了让两个儿子从小增长见识，他觉得应该要带着两个孩子到外面的世界去闯一闯。

源于这种想法，埃美尔开始在闲暇的时候带他们兄弟两个到海边度假，在一个小镇子呆久了，尽管山川风光再美丽，依然也有一定的局限。能够跟着父亲到海边度假看见浩瀚无垠的大海，望着白帆点点的海面，无数扬帆远航、漂洋过海的神奇又美妙的幻想就会在脑子里飞舞。这是在格林瑙小镇里从来没有想过的。

海充满着神奇，对年幼的邓尼茨来讲，有无数的未解之谜。

希特勒四大爪牙·邓尼茨

德国大部分领土深居内陆，只有走到德国的最北端，才能看到波罗的海。冰河时期结束，斯堪的纳维亚冰原融化成一片汪洋，当大水向北极褪去后，地面下陷部分留下汪洋中的一部分水，慢慢形成一片水域就是波罗的海。它得名于波罗的山脉，但西欧国家通常称它为东海，而东欧国家一般称它为西海。

波罗的海是欧洲北部的一片海域，海岸线从弗伦斯堡延伸到波莫瑞湾，四周被九个国家包围，德国最北端的波罗的海有一座名为罗斯托克的重要港口，埃美尔觉得带着两个儿子从柏林出发，到距离波罗的海比较近的吕贝克小城，再从这里到达罗斯托克港口去看海。

一路上，卡尔·邓尼茨听着父亲描述着大海的波澜壮阔，海洋的神秘感一直萦绕在心头，让他的心情变得非常急迫难耐。刚到吕贝克的时候，正好赶上午饭时间，但是两个小家伙顾不得旅途劳顿，就想快点见到大海。埃美尔见儿子们跃跃欲试，虽然嘴里不说但眼底同样也有着遮不住的渴望，他不忍心违背儿子们的心愿，便飞快安顿好行李，匆匆吃了两片面包，拉起两个儿子的小手，快步向大海的方向走去。

到了海边看到蓝天白云衬托下的大海和沙滩都格外美丽，父亲想要告诉弗里德里希和卡尔这里是特拉沃河注入波罗的海的入海口，再介绍一下祖国的山川形胜，可是两个儿子刚一见到大海上白帆点点，潮起潮落，河对岸一艘艘巨轮往来穿梭，早已听不到父亲的感慨，挣脱了他的大手，欢叫着冲大海飞奔过去。

第一次见到海洋，卡尔·邓尼茨一边欢呼，一边随手抓起海滩上遗落的贝壳、海螺等，又转眼间被其他看起来更加漂亮的东西吸引，扔下手里的东西再去抓，冲到海边，两兄弟开始互相泼起水、打起水仗来。埃美尔·邓尼茨看孩子们玩得高兴，莞尔一笑，收起来本打算好的长篇大论，笑着追上去陪

着他们疯跑。两个"长官"又合力欺负起"士兵"来了。弗里德里希和卡尔合力也打不过这位"大兵",很快就落在下风了。

打不过就跑,很快他们就像脱缰的野马一般在沙滩边浅水里飞奔了起来。衣服被浪花打湿了就干脆脱掉,然后把碍事的衣物扔在一边。

和他们相反的是,作为父亲的埃美尔没有那么兴奋,他只是坐在沙滩上,看着两个孩子在阳光下的海滩上尽情玩闹奔跑戏水。海风送来的咸腥味温暖而带有一点陌生,从沙滩另一端涌来的浪潮一下一下不停地冲刷着他的双脚。

他赤脚踩到浸透了海水的潮湿的沙滩里,感受着阳光和海水,感受着大自然。海水冲到岸上时也漫过了脚踝,清凉的感觉沁人心脾,很快海水又落回到海里,两只脚只落在阳光下的沙滩之中。直到此时,他的心情似乎才真正从妻子去世后对两个孩子的奔忙中暂时解脱出来。跟父亲的矜持不同,弗里德里希和卡尔的尖叫和欢呼声就没停止过,他们时而在沙滩上奔跑,时而迎着浪花,让海浪一波接着一波打过来。在大自然海水的冲击下,两个小家伙快乐无比,尽情地玩耍着。埃美尔一开始还有些担心这两个孩子发生什么危险或者在水里太久会因为潮湿和风吹而感冒生病,但是看到孩子们兴高采烈的样子,他又觉得没有什么可紧张的了,在这片自由自在的天地里,似乎花过多的心思去思考这些琐事变成了一件可笑而荒谬的事情。

大海是大自然的重要组成结构之一,也是世间生命的本源。无论是身为个体的人,还是人类精神与思想支持下所形成的社会与文化体系,与大海这个超越了时间和人类思想中属性定义的对象之间都有着特殊的联系,也许在平日里远离它的时候这种感应会变得非常微弱甚至消失,但是在来到它的身边,与它相对而立的时候,这种潜藏在意识甚至本能深处的事物

希特勒四大爪牙·邓尼茨

就会被唤醒。这是因为人们知道,这片蔚蓝的海洋是这个星球上亘古以来孕育生命的基础,它伴随和见证了一切的存在。似乎也正是因为这种原因,面对或是接触海洋时,人们总会产生各种各样难以言喻的感悟。随着浪潮的卷动,大海释放了孩子们往日压抑在教条理解下的原始的奔放,也稀释了父亲心中那份源自凡俗概念的担忧,形成了一种轻松而奇妙心照不宣的默契,为彼此都削减了身上所承受的约束,真正去享受这一刻生命与自然带来的美好。

冲浪冲过瘾了,跑也跑得累了,弗里德里希和卡尔又把目光瞄向了海边的贝壳,刚来海边的时候他们也看见了,但是仔细一看发现好像现在沙滩上留下的贝壳不全是刚刚最开始那一批了。每次海浪冲上沙滩都会把一些贝壳推得更远,带来新的贝壳,每次退潮时又会卷走许多原本在岸上的贝壳。

兄弟俩开始好奇地捡起贝壳,大海真是神奇,这么多贝壳竟然没有两个是完全一模一样的,即使是同一种类的贝壳,也会在花纹处略有不同。卡尔每次捡到一个漂亮的贝壳就会像献宝一样把它捧到父亲埃美尔眼前让他鉴定一下种类。

"爸爸,看这个,这个像个猪耳朵,还有这个,这个好像蜗牛啊,那个好漂亮的贝壳上还有豹斑一样的花纹呢,这些都是我找到的。"卡尔·邓尼茨欢快地献着宝贝。

"呵呵,不错不错,我儿子很有眼光,尽挑好看的捡,你们运气也很好,平常被冲到沙滩上的贝壳、海螺都是死的,表面晦暗,没有光泽,里面的肉不是被吃了就是腐烂了,轻飘飘的所以才容易被海水冲上岸,看你捡的贝壳品种珍稀色彩亮丽,普通品种肉质厚重,真是不枉此行。"埃美尔毫不吝惜地夸赞着卡尔。

弗里德里希那边捡到一个非常小的海螺，叫道："卡尔快来看，我这个海螺里面还有一只小螃蟹，看小螃蟹还会动呢。"卡尔果然被吸引过去，仔细看那个海螺，发现真的有个极小的螃蟹在里面，便连忙拿着它跑去埃美尔身边请教。

新鲜的事物总是让人们充满了好奇心。埃美尔告诉他们那是寄居蟹，别看这些小螃蟹形体小，可是性子非常凶猛，它们一但感知到危险就会钻入贝壳、海螺等软体动物的壳中。

没有这些硬壳的保护，它一点防御能力都没有，可是它非但不会感谢这些蚌壳类动物，还会吃掉或者杀死里面那一团软软的肉，把硬壳霸为己有，等到里面的软肉吃光了，它们也长大了，便会去找更大更适合它们形体寄居的贝壳类。卡尔一听这寄居蟹这么可恶，气愤地扔掉手里的小海螺，再也不看一眼。

埃美尔见孩子们捡得高兴也伸手捡了几个，卡尔跟在埃美尔身后看他捡的贝壳都平常得很，既没有好看的花纹，也没有奇异的外形，不知父亲为什么单单挑中了这些，他忍不住问了父亲。

"别看这些贝壳比起你捡的那些平淡无奇，这可是夜光贝，到了晚上它们就会发出淡淡的、柔和的光亮，那时再看这些普通的贝壳，整个像是透明的发光体，壳上的花纹纹路就会显得异常美丽。还记得夜明珠吗？就像我给你讲的故事里会在夜晚发出光亮的珍珠，你不是很羡慕吗？你那好看的贝壳留着白天看，这些夜光贝放在你的床头，晚上你就能看着美妙的图画入睡了。"埃美尔笑着说。

听到父亲这样说，卡尔·邓尼茨高兴地欢呼起来，埃美尔笑着刮了一下他的小鼻子，说道："拿着吧，我再去给你哥哥挑几个。"弗里德里希一路走一路丢，剩下几个他认为最漂亮的，抱着跑过来，问父亲要给他什么。卡尔递了一个夜光贝给他，他把自己怀里的贝壳小心翼翼地放到旁边的礁石上，伸手接过贝壳，也没看出这个贝壳有什么特别之处。

看到哥哥疑惑的眼神，知道他也跟自己一样，卡尔得意地把父亲的话又重复一遍，弗里德里希果然好奇起来，把手里的贝壳打开。"啊！"一声惊呼把埃美尔也喊了过来，连忙问"出了什么事？"

"真的有夜明珠啊！"弗里德里希把手里的贝壳递给埃美尔看。埃美尔拿起来看里面是一颗小小的珠子，光看露出来的一面，并不是圆润光亮的好珍珠，表面还有些凹凸不平，应该刚刚包裹了一层形成珍珠的液体物质，外面看起来还是一颗沙子的形状。

见两个孩子那么兴奋，也不忍心扫他们的兴致，说："它的确具备珍珠的雏形了，可是要想长成你们心中那完美的珍珠，恐怕还要经历很长时间才行，不过既然是你们捡到了它，不论有没有价值，把它留下作个纪念总是不错。"两个孩子并不甘心，弗里德里希和卡尔纠缠着埃美尔，央求他说要把它带回家，然后自己把它养成珍珠，埃美尔不想他们将来失望，只好把珍珠的形成原因跟他们解释了一下。

"这些蚌类在海床进食的时候会把贝壳张开，这时如果有小细沙，寄生虫掉进去，蚌类就要把误入的异物吐出去，但是它的表皮受到刺激就会分泌出像珍珠样的物质把异物包裹住，天长日久就会变成珍珠了。但是不是所有的珍珠都能像故事里面讲的那样又大又圆，发出晶莹的光亮。"

"噢，那我们这颗珠子就算回家养起来也不会变成夜明珠了。"卡尔无论神态还是语气都透露出一股失望。

埃美尔赶忙想办法转移他的注意力，"啊，是这样的，一颗好的珍珠要经历长久的岁月，一点一点磨合，通常都是蚌类耗尽自己的软肉，才能有一颗璀璨的明珠。通常一打开贝壳，里面只有一颗珍珠而已，蚌肉早就耗光了。呵呵，你看你们那颗珠子还没成圆球形，那蚌肉就已经不新鲜了，要吃到鲜美的蚌肉还是不要有珍珠的好。"

"好，我们去找里面没有珍珠的好蚌肉，一会儿我们就吃烤海螺、烤贝壳还有海鲜汤，最好能抓到鱼。"孩子就是孩子，弗里德里希和卡尔很快忘记了刚才的失望，注意力转到今晚的晚餐上了。埃美尔这才注意到，时间已经很晚，快要临近吃晚饭的时间了。因为中午的时候两个孩子着急来到海边，没有好好吃上一顿饭，现在一提起食物，父子三个人已经感到有些饿了，小哥俩疯跑了一个下午，又饿又累。

这时候天色渐暗，游人们都开始往回走了，埃美尔跟孩子们说要赶回吕贝克，他们穿好了扔在沙滩上的衣服，装了满满的一袋子贝壳，依依不舍地跟父亲返回旅店。他们捡的贝壳多种多样，不过实际上可以直接烹饪成菜肴的贝类并不多。埃美尔为了不扫孩子们的兴致，来到吕贝克的旅店以后还是请厨师挑选了能吃的部分做了一例汤。在饭桌上的主菜是这里盛产的鳕鱼和鲱鱼，还有当天从海中采到的新鲜牡蛎和小龙虾。

两个孩子都是第一次尝到自己拾到的海鲜，弗里德里希和卡尔感觉到吃得很饱。也许是自己亲自劳动获得的食材的结果。小哥俩嬉笑着、打闹着，时间在不知不觉中悄悄地流逝，一家人荡漾在幸福的快乐当中。

像这样快乐的时光，还是在母亲健在的时候才经常出现的温馨场面，在海边所度过的时光，使邓尼茨开始有了对海的认识，这也许是邓尼茨未来事业的重要基础。对于他来说，大海的深处还有无穷无尽的奥秘，从那一天起，海对他来说，就是一生追逐的目标。

一餐饭吃得温馨而感动。睡觉前，他给孩子们洗了个热水澡，等他们都收拾干净睡着了，埃美尔自己才上床休息。他们这里离海边还有一段距离，可是父子三人好像整晚耳边回响着海上波涛翻卷的声音。

希特勒四大爪牙·邓尼茨

父子三人早上起来感觉神清气爽，好像大海有一种神奇的活力，让在海边的人都能感到充满生机。

吃过早餐，埃美尔又一次领着两个孩子到海边散步，一到海边，埃美尔就做好了陪孩子们长时间玩耍的准备，看到两个孩子活蹦乱跳的样子，就知道他们不耗尽全身的精力是不会打算回旅店的。

大海深邃蔚蓝，浩渺无穷，极目所视"天连水尾水连天"，雄浑而苍凉，闪着远古洪荒般的光泽，一切生命的起源，就在烟波浩渺的大海，引人无限遐想。幽深的海面像一匹巨大的绸缎，微微泛着涟漪，海浪滔天犹如凶猛的野兽，时而这野兽又变成了乖巧的宠物，伏在主人脚边，低低呢喃絮语。大海的波涛翻卷，仿佛每一天这里的一切都是崭新的世界。

远处传来的罗斯托克码头的号子声，将熟睡的大海唤醒，明媚的早晨，咸咸的海风吹拂着人们的脸庞，阵阵轻寒，微微袭来，温度宜人，给人一种舒爽的感觉。

抬眼看去，海面被一层薄纱似的轻雾笼罩，两片彩霞出现在东方的天际，朝阳在千呼万唤中出现了，慢慢走出层层云霞，万道光芒照遍了大千世界、苍茫大地，唤醒了沉睡中的花鸟鱼虫，温暖了一颗颗冰冷沉寂的心，让世界笼罩了一层暖色。

"快看，有大船。"卡尔·邓尼茨头一次见到这么大的海船，异常兴奋。看着眼前的巨轮渐渐驶向远方，最后只剩下白帆点点。耳边好像还在回荡着水手们唱的《海盗之歌》——"我们是海盗，凶猛的海盗。左手拿着酒瓶，右手捧着财宝。我们是海盗，有本领的海盗。美丽的姑娘们，请你来到我的怀抱。我们是海盗，自由自在的海盗。在骷髅旗的指引下，为了生存而辛劳。我们是海盗，没有明天的海盗。永远没有终点，在七大洋上飘荡的海盗……"那旋律久久在脑海中回放。

一首海员和水手传唱了数百年的古老民歌勾起了卡尔·邓尼茨关于海盗和宝藏故事的所有记忆。独眼龙的船长，少了一节小腿用一段木桩代替小腿的大副，手腕上安着铁钩的水手，舵手单手掌握着轮盘另一只手逗弄着肩膀上的鹦鹉，无人知道的小岛上，堆满了成箱的金银财宝，还有许多无人知道的宝藏……

　　父亲看见两个儿子都陶醉在《海盗之歌》中，不能让他们对这首歌有错误的认识。他告诉他们，那是流传了几百年的民谣，唱歌的不全是海盗。"鲜红的夕阳、漆黑的骷髅旗、沾满血污的战刀以及成堆的让人睁不开眼的黄金"这些只是一种意境，是人们想要向未知的领域探索的心境，像鸟儿一样，在那广阔的天地，自由地飞翔。那些宝藏不是鼓励不劳而获，而是对探索者、开拓者的奖赏。

　　"你们看这片海域，从古代开始就是北欧的商业要道，芬兰和瑞典的木材，俄罗斯、丹麦的鱼类都从这里运来我们国家，这是沿岸国家通往北海和大西洋的重要水道。他们扬帆远航、冒着无数风险替我们运来了需要的货物，海盗却趁机打劫这些往来的商船，谋财害命，不劳而获。他们的行为是不可取的。"埃美尔顿了一下看着他们有认真倾听就继续说，"大海里物产丰富，我们昨天吃的鲱鱼、贝壳、龙虾都是大海的恩赐，我们眼前这片海的外面还有更大的海域，全世界的大海都是连在一起的大洋，或者说我们生活的陆地都是散落在一片大洋上，陆地把本来一体的海水分成了一块块的。勤劳的人们用他们自己的双手创造了美好的生活，而海盗却要不劳而获，海盗的行为时可耻的。"

　　埃美尔用自己的经历和实践向孩子们传授着正义的思想。转过另一个话题，他手指着大海深处的白帆点点，告诉儿子们万吨巨轮到了大海深处只剩下孤帆一点，人在大海面前又是多么渺小。"寄蜉蝣于天地，渺沧海之

希特勒四大爪牙·邓尼茨

一粟"，只能感叹自然的无穷和宇宙的永恒。

接下来，埃美尔带着两个孩子登上灯塔眺望一下远景，眼前的一切豁然开朗，胸襟也开阔了许多。在灯塔上，居高临下面临着苍茫的大海，有一种神圣巍然的感觉。近处的景物尽收眼底，远处的大海海天一色，遥无边际。

大海真是太神奇了。在两个孩子的心目当中，大海不仅美丽壮观，而且有着无数的未解之谜。

远处海鸥飞舞，天鹅翱翔，在大海和蓝天之间，海鸥和天鹅成了这幅画卷中的生灵。在蓝天白云的映衬下，与大海相映成趣。弗里德里希和卡尔见到天鹅又大惊小怪起来，"天鹅湖，天鹅湖，天鹅不是应该呆在湖里吗？怎么跑到海里来了？"埃美尔看着两个孩子，和他们说："波罗的海别致之处就是海水含盐量低，四周被九个国家环绕，几乎就是一个内陆湖，所以天鹅在这里嬉戏是正常的，也是其他海域难得一见的奇景。"

在海边沐浴着灿烂的阳光，在沙滩、海浪的伴随下，两个少年时而追逐嬉闹，时而摸爬滚打。尽管两个孩子弄得湿漉漉的，但是他们的心中却有说不出的畅快。

童年的时光是天真的，童年的梦是甜的。在吕贝克海滩上游玩的时光对于卡尔·邓尼茨来说，是他一生中都难以忘怀的故事。无论是哥哥弗里德里希，还是父亲埃美尔，他们对海上事物的不同见解都对小卡尔产生了深深的影响。谁也没想到，就在这次旅行中，他们的所见所闻成为这个后来海军元帅认识了解大海的基础。

回到旅店，吃过晚餐以后，小卡尔还是兴奋不已，不肯入睡，非要拉着埃美尔讲故事，还指定要听海上历险、海盗的宝藏之类的故事。埃美尔无法拒绝，给他们讲安徒生的《美人鱼》的故事。卡尔开始听到人鱼公主生活在海底水晶宫,宫殿里都是奇珍异宝。后来一位巫婆施法术将人鱼公主变成了大海上的泡沫。小卡尔并不喜欢这种类型的故事,这是什么寻宝故事,跟他想的完全不一样。他一定要埃美尔重讲一个。埃美尔又给他讲了《一千零一夜》里面"水手辛巴达历险的故事",这个故事总算够精彩、够刺激、够跌宕起伏,小卡尔听得惊心动魄,小手心里面全是汗,小嘴巴张得大大的,不断发出惊叹声。故事中辛巴达第一次历险是误把大鱼当做小岛,卡尔惊呼:"怎么可能,明明有那么多人都看见了是个小岛,难道说所有人都看错了吗?"埃美尔笑着解释:"孩子,在大海上航行什么意想不到的事情都有可能发生,那条大鱼可能在那里觉得很舒服,所以长时间一动不动,落满了灰尘,长出了草木,游客们上去太多人惊动了它,所以它不得不挪动,辛巴达和游客们就都掉入大海里了。"

幸亏接下来辛巴达得救了,不然像美人鱼似的什么宝藏都没找到,就变成泡沫消失了,小卡尔是肯定不答应的。辛巴达得救后,当了港口的一名职员,还遇到了以前的船长,他的货物也完好无损,回到家乡大赚了一笔,总算有惊无险。

小卡尔听完辛巴达第一次历险,说道:"这个故事虽然有冒险,可是他赚取的不都是他自己的货物所得吗?和宝藏有什么关系呢?"埃美尔只好继续讲辛巴达第二次历险。

得不到的才是最好的,在海上漂泊的时候,想要回到舒适的家里。安逸的日子过久了,又嫌生活平淡无奇,怀念海上的惊险刺激。辛巴达第二次动身出海,他每到一个小岛都先确认不是大鱼伪装的才肯登岸。可是还是疏忽了,竟然上岸后一个人在树丛中睡着了,大船在他睡着的过程中开走了。

一个人孤独地呆在岛上,恐惧和绝望不断袭来,辛巴达开始埋怨自己,好日子不过,自找不痛快,水罐难离井口破,将军难免阵前亡,常在海边走,

希特勒四大爪牙·邓尼茨

　　同行的伙伴们吓得肝胆俱裂商量着逃走，路上被巨人和他的伙伴打死，只剩三个人，路上又被巨蟒吞噬掉仅剩的两个伙伴，足够幸运的辛巴达又面临巨蟒的威胁，他把粗壮的树枝捆在自己身上、头上，活像一个囚笼，巨蟒缠绕了他一会，也无法把他吞进肚子里，最后巨蟒不得不放弃。

　　辛巴达的第四次航行遇到了食人族，他们比巨人还恐怖，生吃人肉，他们给旅客的食物含有特殊的药物，导致旅客神志不清却胃口大开，他们像饲养牲畜那样放牧航海的人，养肥了就宰杀吃肉。辛巴达因为没有胃口又一次幸运地逃过了一劫。

　　当他再回到文明的地方后，因为会做马鞍而被当地国王赏识，赐给他官职、财富、家庭。

　　这种平静的生活没过几年就随着妻子的病逝结束了。当地人的风俗是配偶中任何一人去世，另一个人都要陪葬，就连他这个外乡人也不能幸免。亲友们在他妻子死后都来跟他告别，给他能维持七天的食物和一罐水，把他也送下山底的墓穴里。但他不想就此死去，他在努力和命运抗争，靠着人们给他留下的仅有的食物和水来维持生命。在绝望中，辛巴达发现了一条逃生的路线，他躲过了野兽的追击，本能地把山体挖开一段缝隙，幸运地逃脱了，在异土他乡开始了新的生活。

　　走惯了航海探险路线的人总是把自己的命运和大海紧密地联系在一起。大海是他们的生命，探险是他们的旅行。

　　辛巴达的第五次出海却是风平浪静，也许是前几次遇到的危险太多了，这次总算没有遇到惊险的事情。

　　他的第六次和以后航行再没有什么惊险了，只是走错了航线，撞上了礁石，漂流到不知名的地方。当地的国王托辛巴达带礼物给他本国的国王。当他回国以后，他的国王才知道航海家的旅途有多惊险，并让手下把他遇哪有不湿鞋，一次逃脱大难，哪能次次化险为夷。小卡尔听到这里插嘴道："他这样想就不对了，海上冒险是他自己决定的事情，就算真的遇险了，也应该靠自己的智慧和力量解决，怎么能坐在哪里怨天尤人，坐以待毙。我要是他就砍树造船自己划回家。"

故事对于孩子们来说永远具有魔力，埃美尔见卡尔认真的样子，先是感到好笑，继而点头欣慰，他的儿子这么小就知道处变不惊，直面困境，好好引导，一定能成大器。埃美尔继续讲着故事，辛巴达彷徨迷惘之后，也开始筹思对策，他继续向小岛中心探寻，见到神鹰孵蛋，于是把自己悄悄绑在神鹰腿上，等他飞离小岛觅食就可以把他也带走了。

可是没想到神鹰把他带到一个更加恐怖的地方，深谷里有许多巨大的蟒蛇，谷底散落着数不清的钻石，他知道人们想要采集这里的钻石，就只能把牛羊宰杀扔下来，等兀鹰抓取牛羊时赶走兀鹰，再收集粘在牛羊身上的钻石。他等待牛羊的时候就不停地捡谷底的钻石，全身装得满满的，等到人们抛下牛羊时飞快地把自己绑在牛羊下面，让兀鹰带他上崖顶，把钻石分给上面的人并跟他们一起回到有人烟的地方，就这样，他的第二次冒险不仅得救了，而且得到了数不清的钻石，得到的财富比第一次赚的还多。小卡尔忍不住又问："他第一次航海可以说是生活所迫，第二次可以说是静极思动，为什么他明知道海上有那么多莫名的危险，还是要放弃安逸的生活去冒险呢？"埃美尔回答："人的欲望是无穷的。"

真不幸，辛巴达的第三次航海遇到了飓风，船被吹到猿人山，财物粮食都被猿人洗劫一空，还把他们掳到一座岛上。岛上有吃人的巨人，对旅客们就像挑自己养的家畜一样，捡最肥的先吃，扭断脖子，叉起架在火上烤，当着其他人的面像吃烤鸡一样，撕扯着把人吃光，骨头就丢在一旁，旁边白骨倚叠如山。

希特勒四大爪牙·邓尼茨

到的事情记录整理出来,这才有了今天的故事。辛巴达的最后一次航行,从启程到回家历时二十七年,从此他不再出海,安逸地度过晚年。

　　尽管故事荒诞离奇,可是在小卡尔的心里却对故事的主人翁辛巴达充满着敬意,他身上的那些英勇顽强,勇往直前,不服输的品质让小卡尔敬佩不已。他希望自己有一天也能成为像辛巴达一样,历经多次磨难而成为英雄。

　　一场海滨旅行,就在父亲娓娓的讲述之中和袭来的睡意之中告一段落了,在之后的几年中,他们兄弟两人每年都会在父亲的带领下来到海边游玩,邓尼茨的心中,也从此种下了一刻向往大海和冒险的种子。

第二章

一战初露锋芒

偷袭失利的海战

每个人在成长的过程当中,他所处的时代背景是无法选择的,只能选择自己的所作所为。希特勒四大爪牙之一的邓尼茨也毫不例外,在整个欧洲动荡战乱的岁月里,邓尼茨选择了军事和战争。

在近代史上,德国的命运可谓是曲折多舛,作为德意志文化圈最大组成部分的普鲁士,在欧洲一隅的地位几经沉浮,到了拿破仑时代,它遭遇了历史上最难缠的对手——拿破仑执掌的法兰西第一帝国。处于历史巅峰状态的法国陆军一度将普鲁士及其在德意志文化圈中的友好国家打得抬不起头来,但是在后来的莱比锡和滑铁卢战役中,普鲁士一雪前耻,击败了法兰西雄狮拿破仑,赢得了主动地位。在陆战中,争夺领地的海军势力开始出现,争霸欧洲的德国在加强军事建设的同时,拥有了自己的海军力量,邓尼茨就是这一时期成长起来的一名海军舰艇艇长,他经历的第一场偷袭海战虽然经过精心的策划,却以失败被俘而告终。

在邓尼茨成长的岁月里,整个国家的命运是和他个人的命运分不开的,整个欧洲的发展历史让身处其中的邓尼茨选择了服从时代的需要,卷入了戎马一生的战火之中,这也为他成为后来的纳粹接班人埋下了伏笔。

普鲁士邦国在建国之初,其中心是勃兰登堡而非著名的柏林,那时,它的国土面积并不大,在欧洲各国中排第10位,居民也并不多,国民人数在

希特勒四大爪牙·邓尼茨

欧洲各国中甚至显得有些不起眼,然而令人吃惊的是,其军队规模却非常庞大,有着欧洲第四位的军事实力。用于军队的资金数量也十分巨大,占整个国民收入的百分之八十五,与欧洲其他国家相比,其军费开支与国民收入的比例位居仅次于英国的第二位。强大的军事实力和不相称的国土面积使普鲁士不断挑起战争。1861 年的普鲁士皇帝威廉一世堪称是雄心勃勃的人物,他手中的战争牌并不是为了有限的资源和国土而打,将散乱的德意志小邦个个收服到自己的麾下,解除原本作为"神圣罗马帝国"主体奥地利的影响力,使德意志得到统一,才是他的最终目的。为了达成扩张版图、统一德意志小邦的战略目标,威廉一世进行了一系列的准备。他先是联合奥地利攻打了位于其北面的丹麦,并取得胜利,而后向南进攻,将之前的盟友奥地利打得大败,挟胜利之势向西击败法国,再继续向西挺进,一直打到莱茵河下游,奠定了德意志第二帝国的基本版图。在这个过程中,包括俾斯麦在内的多位臣子都起到了非常重要的作用。而同样值得一提的是他的儿子——腓特烈三世。

腓特烈三世是威廉一世的独子,和他的父亲一样,是一位胸中颇有韬略和勇气的马上皇帝,他青年时代曾经参加了父亲发动的多场战争,并在1866 年普奥战争期间任普鲁士第二军团司令,普法战争时期任第三军团司令。腓特烈三世对执掌战术的军事调动比他的父亲更加在行,在威廉一世退位之后,他成为了德意志帝国的国王。然而,命运难料,他在登基之初身体就已经出现了不适,经过医生诊断,确认罹患了喉癌,更加遗憾的是,在进一步的检查过程中遭遇了一位英国医生的误诊,使他错失了手术的良机,导致肿瘤扩大压迫气管,病情加速恶化,最后一病不起。仅仅做了 99 天的国王就撒手人寰,留下了自己的儿子继承皇位,即威廉二世。

相比于父亲,威廉二世可以说是个十分复杂的人。他是在祖父和父亲

的功劳簿阴影下成长起来的新一代家族继承人,从小左手因为残疾而比右手显得短而瘦小,因此他有着极其强烈的自尊心。虽然由祖父统一德国之后带来的国家稳定形势,令他从一出生就受到家族的余荫庇佑得以养尊处优,但是反过来,这也让他想要建立完全属于自己的威信变得相对困难。为了达到追赶先人功业的目标,他选择了和父亲与祖父两代人相同的途径——军事与战争。

自普法战争之后,德国得以统一并始终力压法国一头,这使得德国在整个欧洲的军事和政治地位一下上升到了第二位。硬实力的存在,使得德意志第二帝国可以承受得起极其庞大的军费开支和军队规模。在当时,平均每32个居民中就有一个是普鲁士士兵。那么欧洲其他国家又是怎样一种情况呢? 同期的俄国,90多个居民中才有一名士兵;法国则是140多个居民中才有一名士兵,这种超大规模的军备状态可以说正是威廉二世一手促成并保持的。所谓养兵千日,用兵一时。这位野心勃勃的国王不仅要拥有庞大的军队,还要利用他们来完成历史上所有德意志统治者都没能完成的霸业——统一欧洲。

在威廉二世紧锣密鼓地准备这一切的时候,刚刚完成了五年制小学教育的邓尼茨13岁了。在斯特拉斯堡就读的五年中,时间已经跨进了二十世纪的门槛儿。将来要选择什么职业,自己究竟要向哪个方向发展,他倒没有过多的考虑,事实上,不管他愿意还是不愿意,他的未来早都已经定格了,家人给他指明了方向,那就是到军队中去。这一安排是顺理成章的事情,也是父母对子女负责任且不失体面的一种选择,而邓尼茨也必然要承担起家族所赋予的使命。

希特勒四大爪牙·邓尼茨

时间对于每个人都是公平的。在看似漫长,仿佛又转眼即逝的时光中,大家都在不断地成长。少年邓尼茨对父亲的安排是欣然接受的,并立志不辜负家人的殷切期望。只是，等到他真正离家之后，才深深地品尝到每逢佳节倍思亲的滋味。在外闯荡的生活常会让人感到孤独，特别是在夜深人静时，清冷的月光仿佛夹着夜晚的寒气透进窗子，躺在床上，他回想着从前在家度过的美好时光。这一刻，他觉得自己似乎在浪迹天涯，悲伤之情无以言表，有时，他甚至为自己的这种软弱感到羞愧，也就是在这时，他才意识到父亲对自己有着多么重要的意义。

为了进一步锻炼自己，同时也是为了实现儿时探索大海成为英雄的梦想，尽管与希特勒是同一时代的青年人，但是他们的选择是截然不同的。邓尼茨在成年之后选择进入了海军。在第一次世界大战刚爆发的时候，邓尼茨就参加了这场战争。1916 年 10 月，邓尼茨被转到德国海军舰艇部队，1918 年 2 月和 7 月，他分别担任过 UC-25 和 UB-68 潜艇的艇长，负责袭击海上的运输船和商船。因为一战中无限制潜艇战的定义是对地方所有船只进行袭击，因此民船也成为了 UB-68 等潜艇的猎杀对象。然而 UB-68 艇活跃的时光并没有持续太久，邓尼茨和他的艇员们每天袭击敌国的船只，没有想到自己也很快尝到了沉船的滋味儿。

1918 年 9 月末，邓尼茨与另一位艇长分别率领一艘潜艇准备完成上级指示的任务。二人打算从奥地利的普拉军港出发，目的地是马耳他附近海域。他们此次要完成的任务是等待并在水面攻击英国的一个护航运输队。对于这次攻击，邓尼茨心中还是有几分把握的，潜艇的优势很明显，侧影小，不易被敌人发现，且攻击能力强。他打算先悄悄穿过英国的驱逐舰护航队，而后再不动声色地出现在运输队的阵型以内，待时机成熟后，在水面迅速向敌人展开攻击。邓尼茨与上尉约定在西西里岛的帕塞罗角会合。

这次行动除了完成上级交给的任务外，还有一个特别的意义，那就是实验两艘潜艇之间的协同作战。在此之前，潜艇一直是单独行动的，包括搜索和攻击目标均独自完成。当然,造成这一现象的直接原因是当时的无线电报水平还处于一个较低的状态,尚无短波和长波通讯。当潜艇到达一定水深以后,便与外界失去联系,就算是在水面行动也极为不便,需要架起一部天线,才能获得信号进行长波发报,通信距离十分有限,潜艇处于半潜状态,故不利于隐蔽。这种情况下,一次小的失误就可能酿成严重的后果。

邓尼茨的潜艇在预定时间到达了会合处,但另一艘潜艇并没有准时到来。10月3日深夜,邓尼茨发现东南方向有一个黑色的物体在移动,他立即警觉起来,经观察,原来它是一个被称为"清道夫"的驱逐舰,是护航运输队的开路先锋,具有较强的反潜火力。在其行驶过程中,若前方有敌人的潜艇,它就很容易发现并对其发起进攻,因此潜艇在见到这种战舰之后往往要主动回避才行。但是,邓尼茨和他的船员们对付这种对手已经很有经验了,他们只是悄悄潜伏在夜色的海水中等待敌船的靠近。

暗夜里,"清道夫"距离邓尼茨的潜艇越来越近,很快,另一些驱逐舰也出现了,随之庞大的船队慢慢驶来。这些船载满了货物,从中国等地来到此处,并向西航行,目的地为英国。它们缓缓前进,殊不知就在它们不远处危险正慢慢靠近。邓尼茨的潜艇做好隐蔽,悄无声息地穿过敌逐舰护航兵力,紧盯着商船纵队的第一艘,它像幽灵一样,准备将可怕的面容显露于世。就在潜艇要发动进攻时,整个船队突然调转方向,朝潜艇驶来,不过,这并不表示潜艇被发现了,而是整个船队正在按"之"字形前进。这是海上行船规避潜艇攻击十分有效的无规则运动方式。

眼见对方转向,邓尼茨不得不下令跟随转向。在这一过程中,他发现第二纵队的商队船中的一艘大型商船更适合作为打击目标,便命令舵手瞄准这条船调整潜艇的航向。潜艇转身的同时发射了鱼雷,整个场面就像潜艇射出了一条水流,被涂成黑色的鱼雷用比那艘商船快出将近10节的速度

希特勒四大爪牙·邓尼茨

射去,并在两者相撞的瞬间爆炸开来,将那艘船炸出了一道巨大的裂口。护卫商船的一艘驱逐舰察觉到情况不对,快速向鱼雷发射的方向奔来,潜艇立刻开始下潜。因为天黑,驱逐舰没有找到潜艇的踪迹,似乎是不想浪费弹药而没有投下深水炸弹,就这样调头离开了。侥幸逃过一难的潜艇潜回至出发地,而后小心地上浮,运输队并没有因此而停下,而是继续西行,之前被邓尼茨击中的商船则失去了动力停在原处,慢慢地进水沉没了。但此时没有人顾得上它,犹如甩不掉的影子一样,潜艇再一次接近水面,紧紧跟在商船队之后准备再次发起进攻。

不过,这一回就没那么幸运了,船队的队形变得紧凑并加快了开进的速度,邓尼茨等人跟随了很久,都没有找到合适的机会实施进攻。天边一抹微光撒在海面上,黎明到来了。潜艇失去了幽灵的魔力,只能灰溜溜地下潜至水中。就在这时,意外发生了,潜艇仿佛撞上了什么东西一样在水下突然失去平衡,发生了剧烈的倾斜,不知出于何故,艇内灯光全部熄灭,黑暗中的潜艇不断下沉,大海仿佛在一口一口地吞噬这艘船。一直到达 70 米左右的深度时,邓尼茨和艇员们才终于控制住局面,而此时,潜艇已然到达了承压极限。

就在人们松了一口气的时候,险情再次发生,潜艇又一次急剧下沉,深度指针一度到达了 90 至 100 米之间。邓尼茨下令立即排空压载水柜使潜艇终于开始上升,因为减压过急,潜艇上升的速度很快,就像被迫压入水中的救生圈在解除压力后快速上浮到水面一样。此时,天色已经大亮。

刚刚解除危险的邓尼茨很快就发现自己陷入了新的困境,由于之前在水下已行至船队下方,所以,慌忙浮出水面之后,其位置正好在护航运输队中间,潜艇的出现,让船队立刻进入战斗状态,大量的信号旗挂了起来,船队调整队形,护航的驱逐舰开始射击。因为困在海面无法前行,也难以躲避敌方较强的火力围攻,很快潜艇就中弹起火,海水快速涌入艇内。在万分危急的情况之下,邓尼茨只得下令全体人员离艇。

　　潜艇上的救生软木是事先已经准备好的,以备不时之需,但无论如何,邓尼茨都没有想到,它们这么快就派上了用场。他命人将一大捆软木放下,艇内人员穿上救生衣,每人抱着一根软木,迅速从潜艇上逃离,在逃离的过程中,有 7 人被击中身亡。幸运的是,在潜艇沉入大海的过程中,英国船队继续向西挺进,邓尼茨等人并没有被子弹所击中。可是刚离开的英国护航驱逐舰又返回来,将在水面上漂浮挣扎的邓尼茨等人逮了个正着,就这样,尽管这场海战计划周全,但却以失败而告终,邓尼茨和伙伴们变成了英国人的俘虏。

希特勒四大爪牙·邓尼茨

战俘营里的思考与收获

　　人生有许多不如意的地方,顺境时,人们往往得意忘形。逆境时,人们以怎样的态度来处理安排生活的琐事,这是一个学问。如何面对胜负,表现出人们的意志和品格。

　　被俘,让重视荣誉的邓尼茨一度感到沮丧无比,他作为艇长,失去了赖以完成作战任务的工具,因为"舰艇故障"这样一种窝囊的原因而不得不退出了战斗,而且还被敌人活捉,这几乎是不可想象的耻辱。而英国方面经历了这次潜艇攻击后虽然有所损失,但从被俘的德国水手身上却获得了不少有用的信息,并且从中得出结论:潜艇非常适合夜间作战,在夜色的掩护下,可大大提高攻击的成功率,参加攻击的潜艇越多,则对每一艘潜艇就越有利。

　　一般情况下,对方在受到攻击或发生沉船后,局面会变得异常混乱。这样,负责掩护的驱逐舰的行动就会受到限制,被击沉击伤的船越多,驱逐舰的行动就越是受限,潜艇也就自然而然地更容易发挥威力。

　　虽然在黑夜里,潜艇大大增加了攻击力,但从 1917 年以后,英国针对敌人的潜艇战术采用了护航运输队编队方法,并不断地进行战术改革。这样一来,德国的潜艇战便失去了优势。由于英国加强了船队的护航作用,所以,德国潜艇常常在海上长期游弋,且一无所获。有时,德国对目标展开攻

击,几天下来,虽然击沉了数艘商船,但自己的损失却更为惨重。而对于庞大的护航运输队来说,损失几艘船并不能影响全局,船队会继续向前行驶。随着时间的推移,海上的德国潜艇数量渐渐减少,这也使得许多船队能够将物资安全地运送至英国。

战俘的日子并不好过,邓尼茨在英国约克郡呆了10个月。在最开始的时候,他先是被送到了马耳他的俘房营,在那里,他们知道了美国和德国准备进行停战谈判的消息,也知道了美国总统伍德罗·威尔逊要求德皇退位的消息。因为美国认为这次战争爆发的根源是德国的君主政体,而德皇要为这次战争负主要责任。并且因为这个理由,协约国还将以主要战犯的罪名来起诉德皇。对此,邓尼茨感到很是愤慨,但是作为战俘,又无能为力。

尽管身处困境,但他的意志并没有因为被俘而消沉下去,反而在战俘营里思索着这次失败的原因,想着以后如何报仇的办法。邓尼茨认为,如果潜艇在夜晚发动对护航运输队的攻击,利用夜色的掩护,胜利的希望还是很大的。而且在同一时间内发动攻击的潜艇越多,取得胜利的可能性就越大。这样一来,就要求指挥官在指挥潜艇上具有很强的前瞻性和全面性,不仅要能指挥潜艇的灵活作战,还要注意各个潜艇之间的配合与协调性,同时,还要充分发挥潜艇在夜间袭击的优越性。这也是他以后实行集群战术,也就是"狼群战术"的基础。

监狱中,邓尼茨把这种困境当成了学习的课堂,他有充分的时间接触在经历过海战的水手们,他从这些水手们的身上了解了大量有关不同施展情况的第一手资料,反复地倾听水手们对船只航行和海战的意见。邓尼茨曾经在监狱中写下过许多关于海战的日记。十个月的监狱生活,他等于上了十个月的集训课。当邓尼茨走出监狱的时候,关于怎样利用自然情况保护自己,消灭敌人,邓尼茨已经胸有成竹了。这些理论是他指导队伍前进的

希特勒四大爪牙·邓尼茨

法宝,在之后经营潜艇队伍的时期,他也不止一次地把这些理论讲给周边的人们和下属的海员们听。

希特勒的成长和邓尼茨的成长是同步发展的。在同一时期的陆军战场上,希特勒作为一名德国陆军下士表现得十分出色,他在伊普雷南部对法战斗中所在的第十六团几乎全军覆没,希特勒却十分幸运地活了下来,他还曾经救下团长的性命,为此,他被授予二级铁十字勋章一枚。出色的作战技巧和他极强的荣誉感和团结意识,加上平日严肃认真的性格,令战友们对他印象很好,这也成为了他未来发迹的第一笔人脉资源。战争为他带来了身体上的伤痛,也带来了五枚闪亮的勋章,却唯独没有让他品尝到梦寐以求的权力的滋味。在《凡尔赛和约》签订之后,德国军队的地位直线下降,希特勒在军中追求权力实现抱负的希望就变得更渺茫了,因此,他将自己的人生轨迹进行了改变,转身投入了政界。这一时期,也正是邓尼茨在战俘营当中苦苦寻求航海理论的时候。

谁也不能想象,历史的机缘使得后来的希特勒很快地认识了邓尼茨,因为希特勒也想把自己的出路依靠在强大的海军身上,而邓尼茨正是他的不二人选。随着时间的推移,希特勒通过战火的洗礼对邓尼茨深信不疑。

第三章

人生航向的确立

第三章

人类如何面临

从未放弃的征海之梦

第一次世界大战的结束并没有让邓尼茨得到释放,他和其他一些曾经
击伤过民船的战俘一样被延长了关押的时间以示惩罚。1919 年 7 月他才
重新回到德国。回国之后,由于自己孩提时代的梦想,再加上在监狱里的磨
炼,邓尼茨已经认准了自己未来发展的道路。因此,再一次回到德国获得自
由之后,邓尼茨又一次加入了德国海军,在新的帝国海军的基尔海军基地
继续服役。他急切地等待着德国海军一支新的潜艇部队的建立,好让自己
总结的经验得以付诸实践。除此之外,他回到这支部队也是因为对于海军
生活的留恋,为了让这支部队重新恢复活力与威力,邓尼茨在岗位上任劳
任怨地干着原本应当由低级军官完成的工作,静静等待着机会的来临。

与此同时,在德国的国内政坛,魏玛共和国因为经济危机和国内的种
种思潮而越来越不得人心,希特勒抓住这个时机,在 1920 年联合几位党内
的高层将自己所属的德国工人党改名为纳粹党,其极端民族主义的论调和
强势的执行力吸引了许多对社会感到不满的人加入和支持他们。这个党在
巴伐利亚地区迅速扩张着自己的势力,很快就拥有了十几万的党徒。为了
便于控制,希特勒等人成立了前身是攻击共产主义者和其他党派的武装团
体的纳粹冲锋队,由党内的高层负责指挥,他希望利用这支队伍图谋一场
大的变革。

希特勒四大爪牙·邓尼茨

热心于艺术却失败,宣传反动,却非常成功。希特勒为纳粹党设计了一面旗帜作为党旗:红色底,白色的圆心,圆心中镶着黑色的卐。不久,卐字臂章就被戴在冲锋队员和党员身上,成为了这个党团的统一新标志。

一个新的局面正在希特勒的努力下形成,他依靠政治上的狡猾机敏和煽动人心的宣传,使纳粹党得到迅速的发展,不过他很清楚,此时仅仅依赖纳粹党自己面对有着较多政治资源的大党派单打独斗不具胜算。所以,在成为纳粹党的最高领袖之前和之后,他都一直力求加强纳粹和其他有共同政治见解和方向的党团之间的联合,甚至对后者进行吸收,同时也拉拢有影响力的政治人物,一战时的著名将领鲁登道夫就是这些人中非常有分量的一位。

与此同时,在总揽整个党团的管理工作之后,希特勒立即着手改组纳粹党。他天生傲慢刚愎,但很重视也很善于网罗亲信,培养自己的羽翼。其中,纳粹党内的六个重要人物组成了他最忠诚的支持集团,在发展纳粹运动中,这"六大金刚"可谓功不可没,为之后他推动纳粹党的壮大和在政治领域占据一席之地提供了重要的组织保障。这六个人分别是恩斯特·罗姆、狄特里希·埃卡特、鲁道夫·赫斯、阿尔弗雷德·罗森堡、赫尔曼·戈林、保罗·约瑟夫·戈培尔。

虽然纳粹党的规模不断壮大,但从宏观角度上来讲,在这一时期即使是在巴伐利亚这个地方,纳粹在政治层面的地位也仍然十分低下,难以涉足由当地官僚门阀把持的政府机构。这使得希特勒和纳粹党的意义发展不得不止步于"地方民间社团"这个玻璃天花板的限制之下,这使他十分苦恼。而在此期间意大利的法西斯党发动的进军罗马事件让他产生了一点灵感:既然正当涉政的道路被堵塞了,那么,也许一场武力夺权能够让纳粹党在当前民族主义气氛高涨的背景下成为这个国家的主导者。

长久以来被准备的武装力量终于派上了用场。经过周密筹划之后，希特勒率领着冲锋队在一场当地政府高层举行的啤酒馆聚会中包围了在场的所有参与者，向人们宣布纳粹党已经接管了整个巴伐利亚地方政府，并即将向柏林进军的消息。并将三位当地最主要的军、警、政首脑人物软禁，强迫他们同意和自己一同组建新的所谓的"联合政府"，迎回被推翻后避居荷兰的威廉二世恢复帝国制度。但是因为过于紧张，一开始人们并不相信他们，希特勒和同来的戈林很是尴尬，只得派同伴去接对纳粹一直采取支持和同情态度的鲁登道夫来现场，希望借助他的身份和威望使人们信服。另一方面，希特勒为了稳住局面，亲自上台对啤酒馆内的群众发表演说，他巧妙地痛陈了当前政府对战胜国的各种软弱行径和在经济方面的无能，又承诺将会带领国家恢复到以往的繁荣富裕，终于让异议的声音低了下去。这时，加上鲁登道夫到场助阵，三位政府首脑决定假意答应希特勒和鲁登道夫的要求。这个结果让希特勒异常兴奋，似乎胜利已经唾手可得了。他立即组织队伍，开始朝市政厅进发，准备让纳粹党接管整个慕尼黑和巴伐利亚的指挥权。

　　就这样，一支由希特勒和鲁登道夫带队，由3000人的冲锋队员和人质以及支持者组成的游行队员从啤酒馆出发，向着目的地——慕尼黑市中心挺进。领头的还有戈林、施勃纳·里希特、罗森堡、乌里希·格拉夫以其他的纳粹头目和战斗联盟领袖。然而，在他们大意之下，三位对他虚情假意的官员偷偷跑出了啤酒馆，并通知了当地的军方，后者很快动员起来，在市中心布设防御阵地拦截了希特勒等人，双方都手持枪械剑拔弩张，原本希特勒还打算再利用鲁登道夫将军的威名镇住守军打通道路，但是这次这张牌不再好使了，双方爆发了枪战，原本就是乌合之众的政变者四散奔逃。希特勒也被赶走，之后被警方逮捕并被以各种罪名起诉，上了法庭的被告席。

希特勒四大爪牙·邓尼茨

尽管在法庭上，希特勒尽可能地利用了自己的口才与公诉人唇枪舌剑,他的滔滔雄辩和民族主义也确实打动了不少人,但是他没能如愿把这场辩护变成政治演讲来逃脱制裁,法官仍然判了他入狱 5 年。

铁窗下的希特勒并没有丝毫的后悔,也没因失败而沮丧,他开始了新的"征程"。在狱友赫斯的帮助下,他开始绘制宏伟蓝图,希望按照自己的意愿来改造德国,征服欧洲,乃至全世界,第三帝国的种种都被他一章章地编写出来。经过富有经济眼光的出版商人马克斯·阿曼的提议,这本具有自传和政治性短文构成的政治小册子——《我的奋斗》成为书的名字。

此书在 1925 年出版,最初并不畅销,之后,它渐渐被人们认识,越来越多身受德国经济泥沼之累的人喜欢上了这本书,每一年都会再版,其销量也开始剧增。截至 1940 年,销量高达 600 万册,这在德国是前所未有的。因为这本书,希特勒摇身一变,成为了一名出色的德国政治家。1924 年 12 月20 日上午 10 时,监狱长通知希特勒已经获释。这个野心家重获自由,意味着一场新的政治风雨即将向德国袭来。

成为纳粹拥护者

出狱以后,希特勒下定决心,要让纳粹党重新登上历史的舞台,成为主角,他要把它建设成为一个通过宪法的合法政治组织。后来的邓尼茨便是希特勒忠诚的追随者,成为这个组织的骨干。同样,希特勒和邓尼茨都把监狱当成了学习的课堂。邓尼茨由于在监狱中总结的一些海上潜艇理论,使得自己的思想不断地升华。希特勒的想法和邓尼茨的想法有些接近的地方了。

这一时期,德国政坛人事更迭,主张多变。复杂的政治形势为未来希特勒的崛起打下了伏笔。

时至 1932 年,通过希特勒等人的多方努力经营,复苏的纳粹党成为了德国境内的第一大党派,有着诸如戈林、希姆莱等一众铁杆爪牙。不过实际的首领仍然是希特勒本人,借着纳粹的号召力,希特勒等人大肆拉拢中立党团,进行了多次阴谋策划,最终促成了纳粹党在选举中以多数支持的优势成为了执政党。希特勒终于可以开始着手实现自己恢复德国军备与国际地位的政治抱负了。

一战结束之后,德国签订了《凡尔赛和约》,和约中规定,德国在战后只能拥有很小规模的防御性海军,而且不能有潜艇和大吨位的战列舰。这主要是欧美各国有些担忧,德国成熟的潜艇技术能够使它快速对其他国家形

希特勒四大爪牙·邓尼茨

成威胁。

在潜艇存在受到限制的情况下,邓尼茨也没有放弃他的坚持。在回归海军一段时间之后,他被任命为德国海军的 T–157 鱼雷艇艇长,这个艇长一当就是几年的时间。邓尼茨认为海军要坚持"绝对命令"的原则,所以,在这艘小艇上他依然认真地工作。终于,他认真负责的态度受到了上级的认可。1933 年,他被提升为中校。1934 年 9 月被任命为艾姆登号轻巡洋舰舰长,尽管邓尼茨多年来一直不懈地努力,但是得不到上级的认可,他的内心里还是有一些失落感。就在历史发展的重要时刻,海军需要大量的人才,邓尼茨脱颖而出,被越来越多的人所认可,这时他的心里也有了一丝的安慰。

当上了新舰长的邓尼茨工作更加认真努力,他在基地里让舰艇上的每一个岗位的士兵都反复不断地演习和训练工作的流程,使得水手们得到了充分的训练,渐渐地成为巡洋舰上各种事务的行家里手,他对待士兵的要求十分严格,但条例的制订却周到而有条理,令人为之信服。

此时,希特勒已成为德国的"元首",自 1933 年上台之后,他就大量的在德国宣传纳粹的极端主义思想,疯狂地镇压反对党派,并且扩充军备规模,准备再次发动对外军事行动。这些举动和希特勒大力整顿德国社会、使之恢复活力的政策令怀有帝国海军情结的邓尼茨深感振奋,通过进一步了解和接触纳粹思想,邓尼茨逐渐成为了希特勒的忠实拥护者之一。

但这一时期的邓尼茨并没有给自己一个纳粹党的身份。当时,德国的海军总司令是雷德尔,他对海军人员有一个特殊的规定,那就是禁止参与政治。这一规定充分体现出雷德尔标准而纯粹的军人行事风格。在普鲁士传统军人的眼中,军方应当做的就是为国家完成作战任务,而不应当以军人的身份去涉足政府或政治进程,无论当前的政府是帝制还是共和制都是如此。

经过踏踏实实的埋头苦干,1930 年至 1934 年的四年间,邓尼茨从一位普通的军官晋升为了战舰的舰长,继而又成为了德国北海海军基地的首席海军总参勤务军官。这意味着他终于跻身海军高级军官的行列了,虽然距离恢复潜艇部队并实现大展身手的愿望还遥遥无期,但这仍然给予了他不小的鼓舞。

而与此同时,已经成为了执政党首脑的希特勒依旧大肆宣传他的理论。他要求在德国结束阶级斗争,从而尽快将国力集中到恢复人民生活上来。同时,在政治上要独立自主,不再对外国有所依赖,要尽一切力量将国内的失业现象消灭掉。在国家秩序上,要做到井然有序,不能让德国处于混乱的状态。

从当时的情况来看,他的这种主张无疑是很有针对性的,德国当时的状态形容起来可以概括为国家内政分裂、经济衰退、外交完全受他国控制,人民的生活苦不堪言。面对这样的形势,希特勒所宣传的言论正好符合德国爱国人士的要求。军人在履行保卫国家的职责和义务方面所受到的教育以及军人的本质与希特勒所宣传的在国家上的要求是相同的。所以,邓尼茨认为希特勒所选择的道路是非常明智的。邓尼茨再一次为希特勒的民族社会主义所折服,他由一个极端民族主义者变成了希特勒纳粹言论的忠实信徒。

但是与当时还比较年轻的邓尼茨相反的是,对于希特勒所鼓吹的国家制度,雷德尔有着很清醒的认识,因此他颇有提醒和训诫意味地将邓尼茨称为"希特勒的青年团员"。不过这并没有妨碍他对后者才能上的欣赏,对于这位虽然思想上野心勃勃,热衷政治,却又有着极强的实干主义作风的青年军官,雷德尔在内心中是寄予了厚望的。

邓尼茨在任"埃姆登"号巡洋舰舰长的时期内,他奉命率领巡洋舰开始

希特勒四大爪牙·邓尼茨

了在非洲和印度洋的友好旅行,对于一直以来从内心上不能满足于在军港周边活动的邓尼茨来说,这似乎是现在的德国海军授予的唯一令他能够感到心情舒畅的任务了。

航行的任务进行的很是顺利,1935 年 7 月的时候,他从海外旅行归来,将舰艇泊在亚德河口威廉港前沿的席林锚泊地。停泊之后,雷德尔来到了邓尼茨的舰上。与邓尼茨同一天回来的还有"卡尔斯鲁厄"巡洋舰的舰长,他刚结束南北美洲的旅行。两人在邓尼茨的舱室里向雷德尔汇报他们航行的情况,并按照原本的规划各自提交下一阶段率领舰队要访问的区域,但是,情况和他们所想象的似乎有些不一样。

在司令室的办公室里,他们见到的是雷德尔严肃的面孔和两份调令,这两份任命都是刚刚下发的,一份是宣布"卡尔斯鲁厄"的舰长被任命为海军总司令部军官人事处处长,负责给新建的海军部队配备军官。而另一份则是宣布免去邓尼茨的舰长职务,由邓尼茨开始负责重新组建德国的潜艇部队。

邓尼茨没有想到,自己一直以来的梦想居然这么快就实现了。然而,在这个计划的背后,却是希特勒打定主意跳出《凡尔赛和约》的约束,做好与其他国家在海上发生冲突的准备,并希望潜艇部队能够在未来的海战中占据充分的主动权。

新潜艇计划

德国能够重新组建潜艇部队，是因为在 1935 年的时候，德国和英国签署了英德海军协定，协定上规定，德国舰艇的总吨位只能达到英国的 35%，这其中包括任何类型的水面舰艇；潜艇的总吨位可以达到英国的 45%，如果有需要，通过协商之后可以达到 100%。

雷德尔让邓尼茨去建立潜艇部队的命令，让他很是惊讶，然而同时感到的却并不是兴奋，反而是一丝失望，尽管他一直以来很希望自己去掌管一支潜艇部队，但是眼下这些所谓的潜艇只剩下上次大战之后的老弱病残而已，新型的潜艇设计计划还未出炉，在这种青黄不接的状态下，潜艇彻底沦为了与鱼雷艇一样不被重视的命运，这让邓尼茨颇感委屈和郁闷，但是他并没有因此而索性放弃或者提出抗议，在经过深思熟虑之后，他最终还是选择接受了这个命令。

在细致深入的研究之后，邓尼茨渐渐改变了自己的看法。潜艇对于德国来说，不仅仅是一种特殊的作战武器，也是德国海军侧重发展的战场上最为灵活的攻击武器。在第一次世界大战和第二次世界大战时期，潜艇强调水面、水下两用。因此除了水雷、鱼雷等潜航武器之外，当时的潜艇普遍还有着很强的甲板火力。可以说是一种速度较慢的多功能轻型护卫舰。因为具有水下潜航的能力，它在遭遇非潜艇的战舰时，即便是体型和火力强

希特勒四大爪牙·邓尼茨

上数倍乃至数十倍的敌舰,存活率也比水面舰艇要大大增加,这是潜艇十分重要的一个独特功能。

当时,作为德国潜在的主要对手之一,三面临海的英国对海上运输具有很强的依赖性,英国必须通过大西洋的航道来运输重要的工业原料和战争物资。如果德国能将之切断的话,那么英国的轻重工业和军民生活就会受到严重的影响,进而失去继续战争的能力和基础,所以海上交通线就成了未来英、德战争胜负的关键因素。

有了这个认识之后,邓尼茨认为,德国海军的战略任务应该是用不对称、非正面的作战手段来对抗有着强大水面舰艇部队的英国。尤其对于英国的商船应该大量且持续的攻击来摧毁它,最后逼迫英国屈服,而潜艇恰好是完成这一重要任务的有力武器。

另一方面,德国的海军要想从北海出来,只有日德兰群岛与挪威之间的狭窄海道可以供他们行驶,而海道的出口就是英国的所在地。德国的舰艇如果从这条海道驶向大西洋的话,因为是在水面上行驶,就很容易被敌人发现,并遇到攻击。被击中受伤以后,不仅得不到及时的修理,还要通过这条非常危险的海道才能返回德国的海军基地。但是潜艇就不一样了,它可以在海面下自由地航行于这条航道,具有很强的优势,而且相较于水面舰艇,潜艇的作战能力上乘,它的作战半径比较大,续航能力比较强。所以,在实现德国的海军战略上,潜艇无疑是最好的选择。

在对潜艇的建造选择上,邓尼茨在1936年提出了新的设想。"韦迪根"潜艇部队的Ⅱ型潜艇和Ⅰ型潜艇将不再建造,因为Ⅱ型潜艇的战斗力、活动半径、水面航速都太小了,而Ⅰ型潜艇的下潜程序又太过复杂繁琐。对Ⅶ型潜艇可以继续建造,因为这种潜艇的所有性能都比较优越,只需要将潜艇的储油量加大即可。邓尼茨的潜艇战术在1936年到1937年的时间里逐步地形成。邓尼茨最初的设想是,在某个指定的海域或是作战区,当集中兵力攻打某一目标时,所有参战的潜艇要实施战术协同。再加上邓尼茨在战俘营时的思考总结出的理论,在1935年底产生了"狼群"的基本构想,而后在一年的时间里逐步得到完善。

最初,潜艇队是用鱼雷艇战术来完成侦察和掩护的任务。这种战术开始是配置侦察或巡逻幕,第一个发现敌人舰船的潜艇要先报告敌情,然后马上对舰船发动攻击,其他的在接到敌情报告后,再开始集中围攻。但是实际操作之后发现,这种战术只适合敌人速度较慢的舰船。所以,潜艇队改进战术,又在原来的基础上配置一个或数个潜艇群来攻击敌人的舰船,这样一来,这种战术就更加完备了。

后来,潜艇队又进行了大量的训练和演习,尝试各种战术队形。发现环形配置方式是最理想的选择,如果敌人的舰船进入环形配置海区的话,最先发现目标的潜艇就会始终监视着它,而后,处于环形海区弧线上的其余潜艇便一起向敌人发起攻击。邓尼茨和他的部下早在1934年就已经掌握了这些技术,并且逐渐开始应用于战斗当中。

U型潜艇具有灵活快速的特点,所以,在1937年春天的时候,邓尼茨和海军总司令部提出了两条建议:一是特德森曾建议要增加储油量并加大潜艇的体积,因此,要大量建造Ⅶ型潜艇。根据英德海军协定的规定,应该将德国可以建造的潜艇吨位的四分之三都建造Ⅶ型潜艇。二是对于剩下的四分之一吨位,可以用于建造Ⅸ型潜艇,并把这种潜艇的活动半径加大,这样这种艇就可以单独进行远洋航行。

相对于邓尼茨的战略构想和建造潜艇的建议,海军司令部却有一套自己的看法。在战术和战役的角度来看,海军总司令部大部分的人认为,在未来的战争中,潜艇一定还是单独地行动和作战。因此,海军总司令不同意邓

希特勒四大爪牙·邓尼茨

尼茨的集群战术。他们认为,群体行动的潜艇在战斗过程中一定会将无线电静默打破,这样敌人就会测出潜艇的位置,从而发动对潜艇的攻击。

对于总司令部的反对意见,邓尼茨感到啼笑皆非。他认为无论有没有使用无线电通信,都只能看作是为了达到某种目的而使用的手段。假如通过无线电可以集中大量的潜艇,并且在战斗中取得胜利,那么就可以不计较会打破无线电沉默这一缺点。

尽管邓尼茨说出了他的观点,海军总司令部依然坚持他们的看法,认为应该优先考虑建造大型的潜艇,因为这种潜艇的活动半径大、鱼雷舱也大,同时这类大型的潜艇也适合水面的炮战。

尽管现在邓尼茨的建议被海军司令部总司令拒绝了,但是在他接替雷德尔成为新的总司令之后,他逐步将自己的设想实现了。然而,他过分的强调了潜艇的作用,忽视了和其他船舰的配合,也忽略了和其他军种的配合,这也是以后他"狼群战术"失败的原因之一。

第四章

邓尼茨的战略思想

舰潜之争

在建造潜艇的问题上，海军总司令部和潜艇部队司令部之间的分歧在1937 年到 1939 年的时间里变得更加的严重。尽管有英德海军协定，但是，战争的危险还是一触即发，由于希特勒的纳粹独裁思想以及德国军事实力的不断上升，德国与英国争夺海上霸权的战争是不可避免的。尽管有许多人反对，但是邓尼茨坚信，按照他发展潜艇的计划发展，德国就一定会在"海上霸主"英国的手里抢得一席之地，增加海上话语权。

有鉴于此，他十分焦急地向上级建议加快潜艇部队的建造速度，并开始对现有潜艇支队加强训练，以利于提高潜艇部队的作战能力。根据邓尼茨的建议，为了提高潜艇部队的实战能力，潜艇部队的训练要尽量在公海上进行，这样可以使部队在复杂的海域适应多变的实际情况。1937 年底，邓尼茨提出新的训练建议，为了实现他自己的设想，他建议向大西洋派遣"萨尔"号潜艇供应舰、若干艘 500 吨级的潜艇、U-25 和 U-26 两艘 I 型大型潜艇。但是海军总司令部还是拒绝了他的建议，因为当时正处于西班牙战争时期，德国的领导不希望因为派潜艇到大西洋而横生枝节，从而导致政治局势的恶化。邓尼茨坚持建造潜艇的观点，直到 1939 年的夏天，他才知道，海军司令部已经制定了与他的建议完全不一样的计划。也就是后来的"Z"计划。它的重点是要建立一支以水面舰艇为主的部队，这个观点与邓

希特勒四大爪牙·邓尼茨

尼茨的观点恰好相反,有限的财力使邓尼茨的愿望一时无法实现。

　　海军总司令在 1938 年 5 月底接到希特勒的通知, 说有可能英国也将是德国的敌人,虽然当时的英国和德国在表面上处于一种和平的态势。于是在 1938 年秋天,雷德尔在海军总司令部建立了一个计划委员会,主要的任务就是研究德国对英国海军的对策,是优先发展潜艇还是舰艇? 还是优先发展其他的海上武器?

　　根据计划委员会的研究结果,要想争夺海上霸权,德国海军的首要任务就是要将英国的商船和运输船破坏掉。为了完成这个战略任务,海军总司令建议希特勒组建一个战斗力十分强大的均衡舰队。而这个舰队在大西洋公海上的英国航线上一定要以战斗群的编队形式来攻击敌人,而且还要通过这个方式实行经济战,同时将敌人的护航兵力摧毁。为了成功组建这个均衡舰队,海军总司令部制定了一个长期的制造舰艇的计划,这就是"Z"计划。1939 年 1 月,希特勒批准了这个计划,并要求他们在 6 年内建成。

　　该计划与邓尼茨当时的期望几乎是完全不相符的,他认为"Z"计划存在诸多缺点。首先,完成它所需的时间过长,在此期间,若德国与英国之间发生战争,那么,德国将处于劣势,在没有足够数量战舰的状态下,很可能要付出惨痛的代价。更何况,在这 6 年里,德国的国内政治局势动荡,大肆造舰可能会引起国内反战声音的抵制。第二,邓尼茨认为,如果德方大力建造战列舰、巡洋舰等,那么,此举必然引起英国注意,随之也加强海上力量。在这种状况下,德军无疑是自讨苦吃,因为当时德军服役的大型军舰与英军相比,相差悬殊,只有不到英军的百分之三十五。第三,在第一次世界大战结束以后,英国空军经常性地进攻德军战斗机群,这种空中打击的距离比较近,很难进行躲避。而英军则可以将舰队撤至英国北部海区自保,使德国难以实现对等报复。邓尼茨认为,若此状态不改变,德军的海上作战能力

必定被消耗。最后，"Z"计划中对德国地理位置的考虑也不够全面。从战略上分析，邓尼茨认为德国海军需要打击的目标是英国本岛以西的大西洋公海。对于这片区域，德国海军需要花费大力气在此站住脚，当然，这也是一个巨大的消耗。

为了这个存在明显问题的计划，邓尼茨深感不安和焦虑，他想阻止这一计划的实施，又苦于找不到合适的机会。他深知，德军当前所处的地理位置非常不利于向大西洋海域扩张。而英军则显示了它优越的地理位置，在大西洋海域，英国才是真正的霸主。如果战斗打响，那么德军必然难于通过英吉利海峡。而在其他航线行驶的过程中，又极易被发现并受到攻击。与此同时，英国强大的空军力量也会对德国海军造成威胁，当英国空军与海上轻型部队发现德国目标时，会立即对其发起进攻。一战以后，由于英军航空兵的快速发展，德舰艇出海时的处境已每况愈下。只有在极为特殊或是特别有利的条件下，德国海军才能慢慢进入大西洋。反过来，受到攻击的德国舰艇并不能得到及时修复，需要通过漫长的航线经北海方可返回。与之形成鲜明对比的是英国的修理厂，它们就在邻近大西洋战区的大不列颠西海岸。对于德海军的不利地理位置，早在一战前邓尼茨就有所担心，只是一直找不到解决问题的良策。

尽管为了阻止存在漏洞的"Z"计划实施下了很多功夫，但是在希特勒的支持下，邓尼茨将人们的目光更多地引向潜艇的愿望还是落空了，将制造计划中更多的资源转移到扩编潜艇部队上的建议只能暂时搁浅。但他并未因此气馁，他要用一场属于潜艇的胜利，证明自己的想法。

希特勒四大爪牙·邓尼茨

痴心不改

　　经过长时间的酝酿,法西斯终于张开它的血盆大口,通过政治和军事进行双重胁迫,希特勒没有耗费一枪一炮就取得了奥地利和捷克斯洛伐克的苏台德地区的控制权,使这些具有重要战略价值的地方都落入了他的掌控之下。不仅为第三帝国平添了1000万人口以及大片土地,也为德国称霸东南欧打开了方便之门。希特勒因此而威望大增,巩固了他的政权。但是他对眼前的胜利并不满足,接下来,他还有重要的事情要做。1939年4月,他下达了"白色方案"的密令,这一次,他将魔爪伸向了波兰。德国部队在元首的野心发酵之下秣马厉兵,大量的坦克、卡车和战机投入使用,为一场迅雷疾风的突击进行着准备。海军的建造计划因此而不得不暂时放缓了下来,这也让邓尼茨对改变"Z"计划产生了一丝希望。实际上,能够改变"Z"计划的做法虽然相当渺茫,但邓尼茨一直坚持着自己的想法。

　　邓尼茨始终有一个心愿,那就是战胜曾在一战中令自己备受折辱的护航编队。为此,邓尼茨一直寻找着属于自己报复护航编队的机会。

　　实际上,邓尼茨一直反对"Z"计划的实施,而千方百计地要求组建大型潜艇舰队的主要原因是要不断地增加自己 的实力,为海军效命。邓尼茨的计划是经过大量实践调查总结的结果,只有这样,才能在有限的财力内与英国在争夺海上霸权上相互制约。但"Z"计划中,仅仅规定在6年内完成200余艘潜艇的制造工作,很显然,这并不能满足邓尼茨的设想。

在当时的情况下,如果发展"Z"计划,不仅不能与英国在海上的势力得到制约,而且还会使德国的海军力量一直处于被动局面。可是这个时候,没人有时间仔细倾听邓尼茨的建议和意见了,无论是德国国内还是欧洲各界,目光都被吸引到了德国扩充的领土和紧锣密鼓的外交活动上去了。

在德国占领了捷克斯洛伐克之后,英国向世界宣布了对波兰的保证。但此时,希特勒已经不再将这种话放在心上了,作为对英国行动的回应,他废除了与英国在1935年签订的德英海军协定,以表示德国的不满。这是一种极为强硬的政治态度,此举证明了英德之间的友好与和平政策已宣告终止,两国关系也进入到紧张状态。

事态的发展,让邓尼茨更加清楚地意识到"Z"计划的不切实际,因为它的实现需要很长时间,不能保证大战的需要。希特勒单方面废除协议后,军事冲突可能随时发生。因此,邓尼茨认为,目前他最该做的就是设法向希特勒建议并尽量说服他认同自己的潜艇计划。为了寻求支持者,也为了探明德军内部在这方面的想法,他开始在许多场合公开表达自己有关于未来德英两国海上战争的设想,并得到了一些人的赞同与支持。海军中的相当一批人认为潜艇和轻型袭击舰的大量制造能形成海上优势。凭借这些小型舰艇,德国能够快速袭击英国海上的交通线。邓尼茨还重点指出,除潜艇和轻型袭击舰外,德军还要增加驱逐舰、探雷艇、扫雷舰等辅助作战舰艇的数量,以保证德军在大西洋公海的行动安全。邓尼茨的想法是想要以小博大。

就这样,1939年6月,邓尼茨将他的想法汇报给海军司令,他认定不久之后,德国可能会和英国发生一场规模巨大的战争。虽然当时邓尼茨只是一个下级地位的前线指挥官,但他还是执意请求海军司令将他的建议向希特勒转达。邓尼茨觉得,在这场即将到来的英德战争中,潜艇部队将是海战

希特勒四大爪牙·邓尼茨

中主力,但是现在他们的潜艇数量太少,在即将发生的海战中很难胜任作战任务,甚至连基本的防守也很难保证。

出乎邓尼茨意料的是,希特勒和他的一些幕僚将军们并没有对此加以重视,相反,他们一口否定与英国交战的可能性,并罗列出种种理由,而这其中,也有一些极具说服力的内容,这些做法使邓尼茨等人无可奈何。

为了稳定军心,德国海军总司令召开了一次军事会议,他对军官们保证,战争不会在德国无法预料的情况下发生,并安慰众将领安心进行"Z"计划。讲话过程中,他看到邓尼茨眼中的疑虑,便特意走上前轻轻拍拍其肩膀,示意邓尼茨大可放心。接着,他又满怀激情且充满自信地向军官们指出,无论战斗何时打响,他相信,德军都是战无不胜的。话音刚落,全场掌声一片。然而,邓尼茨并没有因此而兴奋,他的目光依然充满疑虑和忧郁。在这气氛热烈的会场上,他的脑海里却浮现出海战的画面,交战的双方正是德国和英国。

会后,邓尼茨向总司令提出休假,看到他状态不佳,司令同意了他的请求。但没几天,他便再次被召回。由于时局紧张,德国潜艇部队有了新的任务——进行远航动员。军人以服从命令为天职,邓尼茨作为海军前线指挥官,此行动要求他必须参加。

1939 年 8 月,纳粹德国与英国发生战争的可能性仍在持续上升,邓尼茨趁此机会,再次以书面报告形式向上级提出自己的想法,迅速大规模建造潜艇。他的意见很快得到了重视。海军总司令约邓尼茨见面,邓尼茨夸夸其谈,他向海军司令全面细致地阐述了自己的想法,海军总司令认真地倾听,他们一直交谈了很长时间,邓尼茨的诚恳终于打动了海军总司令,同意将他的文件报告送去供上级重新审阅。

邓尼茨兴奋地离开了总司令部,开始拟写草案。因为他的想法终于有人认可了。他把多年的想法融入笔端，他要把自己真正的心声向上级汇报。在这份草案中，他写道：

"目前，英国与德国之间的局势已不容乐观，战事甚至到了一触即发的地步，一旦战斗打响，德国海军，特别是薄弱的潜艇部队将可能很快陷入不利局面。最好的情况就是战争不要爆发，然而，谁也无法保证英国不会在这段时间率先对我们实施军事行动，尽管有时两国会发出友好信号，但缺乏实质性的条文约束。反过来，德国若想在西太平洋公海达到扩张的目的，海军就必须拥有足以抗衡甚至压制英国海上力量的武备，潜艇是最适合进行海战的武器，而且，建造一艘战舰远远比建造一条潜艇需要更长的时间。所以，一支数量充裕的潜艇部队才是对抗英军最有效的战斗力量，也是使德海军处于有利地位的先决条件。"

关于具体所需的数量和型号，邓尼茨这样写道：

"针对目前的形势以及个人的经验积累，德军在大西洋公海上的海战最需要的潜艇是鱼雷潜艇，它的攻击力极强，且不易躲避，VII-b型和IX型潜艇是合适的型号。为了能够在战争中形成持续的战斗力，并给予对手沉重的打击，至少需要100艘能够随时参加战斗的潜艇，鉴于此，建造潜艇的总数应不低于300艘，如果能够再多，则更为理想。"然而，这份满怀热情承上的报告，得来的却是几句敷衍的回复，邓尼茨所期待建造潜艇的计划仍然遥遥无期。

希特勒四大爪牙·邓尼茨

大战逼近

　　一场腥风血雨的战争即将来临。一个傍晚，150万德国法西斯军队在夜幕的笼罩下，开始向波兰边境的前沿阵地逼近，等待次日出击。1939年9月1日清晨，德军"白色方案"的第一号指令开始执行，大批军队越过波兰边境，兵分三路进逼华沙。

　　战机的轰鸣声撕碎了天空的宁静，它们犹如嗜血的飞兽扑向既定目标，包括波兰的军火库、桥梁和铁路等。希特勒认为德国若是占领波兰，就没有进攻西欧的忧虑了，波兰也可以作为入侵苏联的出发基地以及军事集结地来使用。

　　除此之外，波兰还有丰富的煤矿资源，其冶金、化学、机器、造船工业也相当发达。夺取波兰对德方非常有利，不仅能在人力物力资源上进行大量补给，而且还可以大大加强德国的战斗力。

　　面对德国方面的强兵压境，波兰政府缺乏应对战争的思想及物质准备。1939年4月，当德国撕毁波德互不侵犯条约之后，波兰政府还心存幻想地与德国进行谈判。直到8月30日，战争一触即发，波兰才开始宣布总动员。

　　波兰与德国相比，在战斗人员数量、武器装备方面都处于劣势地位，缺乏战斗经验，武器装备落后、低劣，而且对英法等国的"保证"寄予厚望，然

而,直到德国人的炸弹落到头上为止,他们都没有等来这两个国家兑现承诺。

战争的脚步在继续前进,1939年5月,作为波兰的盟国,法国方面对战事作了积极的准备,使部队有能力在下达总动员之后的数日内,向诸多目标发动进攻,在德国主力部队对波兰进行侵犯的同时,法国也将在两周左右的时间对德国发动进攻,但这只是法国对波兰的口头承诺而已。法方统帅向政府表明,自己现在没有能力与德国抗衡,要等到两年之后,如果那时英国和美国能够在装备和补给上给予帮助,法国才有可能发动真正大规模的攻势。

战争中的对峙越来越明朗化,1939年9月,英国对德军入侵波兰一事向德方发出最后通牒。通牒中声称,英国要履行作为波兰盟国对其所承担的义务,并要求德国政府必须作出令人满意的答复,否则从即日起,两国便处于战争状态。

与法国相比,英国似乎更具有魄力,受英国的鼓舞和影响,法国政府经过反复讨论,不久,也向德方递交了最后通牒,其内容几乎与英国如出一辙。这样一来,希特勒想通过外交手段将英法推出波德战争之外的企图落空了。有鉴于英法可能对德国发动的封锁,希特勒作出了快速反应,发布"第二号绝密作战指令"。该指令中明确指出:德国境内的全部工业立刻转入战时经济轨道。英、法两国所下达的最后通牒,也遭到德国毫不犹豫地拒绝。至此,英国与法国终于不对希特勒抱有任何幻想,匆忙对德宣战。第二次世界大战就此爆发了。

空气中弥漫着火药的味道,英国对德国宣战当天,希特勒便对海战指挥部下达了立刻进入战斗状态的命令。战争的气氛瞬间充斥了整个德国海军,从这一天开始,邓尼茨的神经紧紧地绷着,他的脑海里不停地分析各种

希特勒四大爪牙·邓尼茨

可能,同时为德国海军的作战形式深感焦虑。

宣战发布的当天下午,纳粹德国的西线海军集群司令、舰队司令和邓尼茨召开紧急会议。会上,三位海上最具权威的将领无不对战事持悲观态度,这些军人们都明白,一场同英国的海上战争意味着什么。事实胜于雄辩,更胜于一厢情愿的设想,在战争中,实力才是硬道理。英国海军的兵力如同一块沉甸甸的石头压在整个德国海军所有的官兵心头,然而,他们现在需要去正面抗衡的,正是这样一支只能仰望的力量。

除海军外,英国空军也积极地投入到战斗中。9月4日,英国战机呼啸而来,对威廉港停泊的德国战舰进行第一轮空袭。在这次空袭中,英国采用了非常大胆的战术,即低空打击目标。虽然来势汹汹,但因为德国方面提前做了准备,这次作战的成果并没有英国军方预想的那样理想。

尽管德国海军的损失并不惨重,但是英国人先声夺人的袭击无疑是对德军官兵的迎头一击。幻想的平安无事已经不复存在了,他们面临的只有战争。为了缓解手下将士们的身心压力,邓尼茨特意在结束港口的整理和检查之后召开了一次军官会议,向这些同事们以一种十分乐观的口吻描述了英国此次空袭的失败和无用。并强调:只要运作得当,德国海军在和英国海军的战争并非不能以弱胜强,尽管实力悬殊,也不是没有胜利的可能。更主要的,军人打仗应该要有尊严和气概,胜利往往就胜在气势上。

这种鼓舞士气的话语尽管在本质上不能解决武力的差距与不足,但确实稳定了人心,让士气重新回到了这些人的身上。后来他在日记中,曾经这样写道:"那一天的讲话真是一次淋漓尽致的演讲。"

实力的悬殊,使一些有经验的军官产生了和邓尼茨一样的认识,对德英之间的对决并不乐观。但希特勒膨胀的贪欲以及固执己见的个性,已将德国推到了风口浪尖,面对这种情况,作为军人,没有办法,只能服从。

经过仔细思考，邓尼茨在给海军总司令的报告中这样说道："现在必须把所有的兵力都集中起来，用来解决我们面临的唯一一个关键的问题，而能够阻挡这个目标实现的所有建造计划都应该延后实施。"但是这个建议的提出为时已晚。

英、法在9月3日对德宣战时，德国的海军就好像一个缺少了很多部分的躯体一样。在当时的潜艇部队中，做好战斗准备的潜艇一共有46艘。而在这准备好的潜艇中只有不到一半的数量，有22艘潜艇可以到大西洋作战。剩下的都是小型潜艇，活动半径很小，只适合在北海的海域作战。

这些情况海军总司令也曾经提醒统帅部要注意。但是，统帅部制订的计划是不能随意更改的，总司令雷德尔不得不遵照来自上级的命令发布作战任务。

自此，德国海军以一种贫弱而又非常奇特的方式，进入了作战状态。"Z"计划中原本设想的大批量中型和大型水面船只还以零件和半成品的方式待在船厂和船坞里面，仅有极少数的新舰艇被仓促地投入使用。尽管由于战时经济轨道的缘故，工厂能优先获得来自全国各地以及境外占领区的资源以满足造舰需求，但是同样处于大生产状态的陆军和空军武器对于资源的消耗也同样庞大，这种齐头并进的方式严重拖慢了"Z"计划的进度，因为有限的财力不可能同时满足所有的要求，因为武器的生产是要有一个生产周期的。

原本，这些水面舰艇延续了一战中后期"后无畏舰"时代的特点，即重装甲与重炮相结合，被设计用于大海战背景下的主战舰艇。但是，自身规模不足又缺乏海外港口支援的舰队很难脱离德国港口机场起飞的战机活动半径进行航行，否则很容易就会变成遍布大洋的英国战舰围攻的目标。而相对地，作为德国，实际上急需拓展海洋活动范围，使用潜艇是最为有

希特勒四大爪牙·邓尼茨

利的。可是,生产潜艇的计划却一直受到冷遇,这不得不说是战争中的一个讽刺。

对于生产传统的大舰巨炮的喜爱,蒙蔽了希特勒等德国高层的眼睛,让他们直到此时才开始逐渐意识到,单体强大的舰只在面对敌人战略数量上的优势,只能防守一侧,对于整个战局来说,其实是毫无意义的,这样只能把压力放在陆战上了,海战中的缺口,寄希望于陆地上的重新较量,才能弥补海上力量的不足。

然而,在这样的背景下,邓尼茨却感到自己的海军潜艇计划有了希望。因为只有这样,德国的海军力量才能在短期之内与英国的海军力量实现相互制约。

第五章

威名和地位的铸就

以小博大的野心

　　第二次世界大战爆发了，德军蓄力已久的军事部门正式开始了它的全速运转。德国本来就是典型的陆军国家，从十八世纪的普鲁士时期开始直到俾斯麦改革完成之前，德国的海上力量较之作为海洋争霸先驱的荷兰、西班牙和英国来说相差甚远。到了近代虽然有所改善，但是"一战"的战败让德国苦心打造的公海舰队几乎以完整的建制成为了囚徒，这支舰队被押到英国港口等待交付战胜国的时候，德国官兵为了不让强大的舰队落入敌人手里，自行凿沉了其中绝大部分的舰只。二战后德军的重点发展目标仍然放在追赶大型水面舰艇的数量差距上，这使海军发展总体进程变得十分缓慢。直到战争爆发的时候，邓尼茨掌管的潜艇部队总数量只有不到60艘而已，这就是他手上所拥有和能够动用的全部家底了。

　　1939年9月3日下午，德国发出了马上和英国作战的命令。就在同一天，西线海军集群司令扎尔韦希特尔、舰队司令伯姆以及邓尼茨三人都匆匆赶到威廉港附近的指挥所，在那里开了一个紧急会议。德国海军当前所处的形势，这几个人心中都是有数的，海上力量近乎一比几十的巨大差距决定了德国军队是绝对不能和英国人硬碰硬地战斗。此刻争夺海上霸权，是毫无意义的事情，这一点早在"一战"的时候就已经有了定论。从邓尼茨自己的角度出发，觉得现在凭借这些少量的舰船，尤其是数量少得可怜的

希特勒四大爪牙·邓尼茨

潜艇，能做的最主要的事情就是寻找对方的软肋下手，利用潜艇的隐秘性像打游击一样埋伏在对方的航路上进行骚扰和有限制的拦截与偷袭。而作为软肋中的软肋，自然就是没有武装和军事任务，却承担着英国后方战争资源的获取与军民生活重担的民用船只和商业船只。这也是力量不济情况下的无奈之举，能够通过打击民用船只来迫使英国人将部分军舰专门用来护送交通线，可以为水面舰艇的行动减轻一部分压力，这就已经是这种以保存实力为主要目标的战术定位全部作用所在了。然而，根据时任德国海军总司令的雷德尔元帅和元首希特勒的命令，潜艇部队要全部派去正面战场。为了在保护潜艇数量的同时完成这个任务，邓尼茨考虑再三，决定铤而走险，利用开战后敌军占据海上优势的自大心理以及对德国弱势海军不太可能在战争之初就主动出击的思想，抢在敌人之前尽可能用偷袭制造战果。

在"二战"初期，英国和法国倚仗自己庞大的军队规模，对德国采取威压而不威慑的静坐围困行动。在宣战后没有发起突击行动，而是大大方方地将部队分批分期部署到德国周边的几个国家，计划在等到兵员部署全部到位之后以显著的优势兵力和巩固稳妥的后方补给线为依靠，对德国采取全面行动。因此，在 1939 年秋，英法联军对于德国的围困与制裁还不是非常严厉，军事上针对德国的重点行动也基本集中在进行海上压制，以防止德国以潜艇或夜间行动的水面舰队偷袭英法等国的军事物资与兵员运输通道。

1939 年 9 月 4 日，英国飞机首次出动轰炸了威廉港的船闸和停泊在港内的军舰。但是因为德国方面对英国可能动用这种手段已经有所防范，基地内的舰艇大部分都收容到了有顶棚的库堡当中，因此这一次空袭并没有取得什么显著的效果。虽然英军攻击没有奏效，但是邓尼茨清楚地意识到，

这只是一个开始，要在英国人进一步的行动之前采取有效对策才行。而偏偏就在这一天，希特勒却专门对海军下达了一项命令，要求禁止使用潜艇对付无武装和军事任务的民用船只。事情的起因是一艘名为雅典娜号的客轮在大西洋上被鱼雷击沉，时间是 9 月 3 日的晚上，当时英法刚刚对德国宣战只有 10 个小时而已，这艘满载了 1400 多位船务人员和乘客的英国邮船处于正常行驶中，鱼雷的袭击使整艘船很快爆炸、下沉，数百人因为这次袭击而死亡。除了其他国家的人之外，这次遇难的人中还有几十位美国人。因为不希望让美国方面因此而对德国产生怨恨，使已经处于英法敌视当中的德国再雪上加霜，德国政府在得到消息后的第一时间就马上联系美国大使馆并表示，当时所有执行任务的德国潜艇都经过了核实，并没有在那片海域行驶的情况，因此这件事情不可能是德国人做的。

美国大使馆基本接受了这种说法，并向国内这样反应了德国的回复。但 9 月 4 日的时候，返回港内的一艘编号为 U-30 号的潜艇向邓尼茨报告说，可能是自己击沉了这条船。因为当时这艘邮轮的船型在夜晚看起来很像英国的武装巡逻舰。邓尼茨压下了这件事情，并命令潜艇的船员们修改了日志和发射记录。希特勒也不想在此时受到更多道义上的谴责，因此特意又下了一道严令，通告所有潜艇部队成员不许再擅自对未经警告和确认的民船目标进行攻击。这无疑为邓尼茨希望在开战之初继续在民用船只上做文章的想法设置了一道枷锁，他只能将全部的注意力放到偷袭敌方军用船只上面去了，但是在此之前，潜艇部队在大洋上和英法军舰的几次交锋之后损失不小，使他不得不更加谨慎地下达攻击命令。而且，如果想要让对大舰巨炮很是热衷的元首对潜艇能另眼相看，也需要一个足够优越的战果让他感受到潜艇在现代战争中所能发挥的价值，经过一番考虑，他将偷袭的目标从单纯的海上船只上移开，转而放在了英国的军港之上。

希特勒四大爪牙·邓尼茨

击沉"皇家橡树"

其实从第二次世界大战开始以来,对于沉没着一战德军精锐舰队的斯卡帕湾,邓尼茨一直有着强烈的复仇愿望。当年德军的公海舰队就是被押解到了这里不堪受辱而发生了自沉事件,这悲壮而沉痛的一幕可以说是所有德国海军军人心中的伤口。不过,这并不是他将这里选定为偷袭对象的唯一原因,这座军港也是英军的重要海上基地和补给点,水流湍急,外围分布了不少的暗礁,加上港湾形态呈狭长状,所有可以进入到港湾内的航道水下部分都已经被水雷和人工布设的暗礁障碍所堵死,无论大小战舰都只能从有限的几处地方通过。但是,根据在英国居住的一位纳粹支持者提供的情报显示,在这座海湾里,只有一处地方因为航道十分狭窄,加上周边防御工事防范严密而没有设置防潜艇的拦网和水雷,是理论上唯一可以作为潜艇进攻斯卡帕湾的通道。

事实上,斯卡帕湾并不是第一次遭遇突袭了,早在一战的时候,德国的两位海军军官就分别率领自己的舰船偷袭这个重要的交通枢纽,但是他们都在这里遭遇了惨败,同时,曾经的遭遇也使英国人在战后有意识地重新营建和改造了这座军港,利用港内的巡防舰艇和港湾外部一侧的礁岛周边布设的移动与固定两套炮位,将整个军港武装成了一座防守严密的海滨要塞。英国人曾经十分骄傲地声称,这座要塞是堪比"海上马奇诺"般不可攻克的天险。

不仅是人为布置的防御设施,斯卡帕海域对于潜艇航行来说,更大的问题在于水流的速度。在这片海域里水流很急,在波特兰湾的水流速度高达10节,但是潜艇在水下时的速度最高只能达到7节,而且这种高速度只能保持很短的时间,所以潜艇在进入潜航之后只能顺着水流的方向前进,这意味着如果错过一个进入港湾的窗口,可能就需要很长时间来调整航向使潜艇重新得到进入港湾的机会,但这将大大增加潜艇被敌人在家门口发现的危险。由此可知,攻击斯卡帕湾,必将是一次十分冒险的行动。

原本这种任务和水下地形更加适合由小型潜艇来完成,但是从斯卡帕湾距离德国本土海军基地的路程来看,这种潜艇的航程显然是不足的,哪怕它从一开始就已经确定要执行单次航程的自杀式任务,沿途也需要进行至少一次的燃料与给养的补充,显然不是非常适合用来进行对隐秘性要求极高的偷袭。而另外一方面,小型潜艇也有着一个非常明显的问题,那就是它很难搭载足够对港湾内英国舰队造成重创的武器数量。人们都知道,潜艇在水下使用的主要武器除了被动式接敌的水雷和炸弹之外,就是能够在水中以半悬浮状态开动并行驶的无人自杀式潜水器——鱼雷,这种武器威力不小,但是面对重甲披身的大型战列舰,单条小型潜艇所能携带的武力实在是非常有限。因此,最为合适的方式,就是选择一个经验丰富成熟稳重的艇长以单艘潜艇潜入港湾内部发动袭击,当然,能否趁乱撤离或者被不被发现,就全都要看到时候的情况了。

决定进行尝试之后,邓尼茨将曾经多次建立功勋的U–47号潜艇艇长君特·普里恩上尉选择为这次任务的执行者。他向艇长讲述了这次任务的难度和价值:斯卡帕港是英国停靠军舰最多的海军基地之一,它的防御之所以被设计得这样严密,就是为了防止在其中驻留大量的军舰时受到外来

希特勒四大爪牙·邓尼茨

隐秘进攻导致港中的军舰遭到伤害乃至摧毁，但是反过来，这也在一定程度上造成了对方轻敌的心理，对海上来袭的潜艇进攻的可能性估计不足，而这次德国方面所要利用的正是这一点。

经过前几次的侦察行动，海军已经确认，七条航道中唯一没有被布设拦网的路口是可以供远洋型 U 艇进入的，但因为下方沉船太多，冗余空间十分有限，只有拥有足够高超的指挥和驾驶能力才能保证安全通过。不过，只要进入到港内，陈列其中那些宽大肥胖的战舰就会在不知情的情况下变成鱼雷的活靶子。这着实是一个诱人的成就，不过同时也隐藏着等同分量的风险。经过考虑，普里恩接受了委托，并发誓一定能完成攻击任务。

潜艇潜入作战和其他军种执行的潜入行动有较大的区别，受水文和气候因素的影响，在一些狭窄湍急的航路中行动的情况是难以被复制用来进行实地练习的，这无疑为普里恩上尉的行动制造了难度，加上当时时间已经进入秋末，海上天气经常发生变化，使潜艇的活动条件变得更加苛刻。

在仔细研究过邓尼茨交给他的各种地图和水文资料之后，普里恩上尉在一个月之后终于下达了离港的指令，U-47 在 1939 年 10 月 8 日驶出自己的母港，以比较弯折的航线规避了几批行经该路段的异国船只，于 10 月 12 日抵达了斯卡帕的外海。根据战斗计划，U-47 白天蛰伏在水下，到了天色转暗之后才升起潜望镜和排气管换气，为展开进攻做好准备。10 月 14 日晚上，月光较为明亮，水下的可见度相对较好，是个发动攻击的理想时机。U-47 在艇长的指挥下以 6 节的航速小心翼翼地朝布满沉船的那条通道驶去，事实上，这条航路还是比较宽敞的，但是因为水下沉船的烟囱和桅杆林立，使潜艇在其中航行时不得不在竭力避免水流扰乱尾舵的同时注意躲闪这些突起的水底"刺刀"，十几年前将船只沉没于此的德国公海舰队官兵可能不会想到，他们出于忠诚凿沉的船只今天将会以这样的方式威胁着

自己的后来者。但是好在潜艇的稳定性还是十分可靠的,将近半个小时的紧密操作之后,U-47有惊无险地通过了这条荆棘密布的航道。

进入了港湾内部。艇长普里恩上尉一直悬着的心直到此刻才放松了下来,他知道,这场作战最艰难的部分已经过去了,接下来,将是属于德国人的表演时间。

虽然斯卡帕湾在海图上看起来只是一个狭长型的峡湾,但是其中可供航行的总面积仍然达到了将近一百平方公里,在绕开了港口的几处沉船和天然礁石之后,斯卡帕湾作为可停靠大型军舰并进行集中调度的深水良港的特点就体现了出来。它像是一个被淹没在水下的大洗澡盆一样,水底的地形呈两面半高起而中央凹陷的形状。U-47进入了深水区域之后,行动的便利性立刻就提高了不少,但是艇长并没有太早高兴起来,因为他很清楚,U-47现在的处境就像是深夜溜进一户刚刚举行完聚会后的人家的窃贼,趁着大家都喝到烂醉准备从人们身上捞点便宜,虽然在没有被发现的情况下在场的人越多所得越丰厚,但是如果一时不慎把其中的什么人吵醒了,那么其他的人也会一起警觉,孤身独行的U-47必将陷入到被动当中。普里恩上尉很勇敢,但也不打算为了这么一次偷袭就把自己和几十名同袍的命送到英国人的老家里。他谨慎地命令轮机调低了航速,隐秘接近停靠船只的港口区域,才小心翼翼地上浮并探出了潜望镜观察港内的情况。然而,直到此时他才失望地发现,原先预想的成批舰队并没有出现,只有寥寥几艘大型战舰,在一些近海巡防船只的陪伴下陈列在海港中。

原来,正所谓世事难料,在U-47抵达斯卡帕湾的前两天,停驻在港内的舰队收到来自皇家海军司令部的指令,绝大部分都已经开赴远海执行警戒和封锁任务。只有一批旧型战舰还留在港内,利用舰船上的武器充当港口的固定防空系统,预防德国方面使用中小型轰炸机轰炸港口。其中就包

希特勒四大爪牙·邓尼茨

括了在一战时期曾经参与过著名的日德兰海战的"复仇级"功勋战舰——"皇家橡树"号战列舰,超过 1000 名水兵此时正在船上酣睡。但不幸的是,这艘舰龄已经将近 50 岁的老船和它的船员们不会想到,今天将会成为它和他们生命中最后的日子。

郁闷的普里恩上尉开着潜艇在海港里游弋了一番之后,确认并没有主力舰队的影子。尽管不用冒在攻击完成后被敌人发现并围歼的风险,但却也失去了狙杀对方新锐战舰打压英国海军锐气的机会。更棘手的是,经过连续几天的潜航,船上的食品清水和燃料都已经消耗得差不多了,在保证回航消耗的份额之外几乎所剩无几,上尉和船上的副官们经过讨论,认为眼下已经没有足够的时间等待英军舰队回来的时候在港外设伏以获得更大的战果。因此,现在要做的就是速战速决,用船上的鱼雷解决掉最大的目标完成攻击任务并尽快返航,避免夜长梦多。

主意已定,U-47 号艇在艇长的指挥下调整了一下航向,对准静静泊在港内的皇家橡树号战列舰,降低了航速进入攻击位置。鱼雷舱里的水兵们忙碌着给弹体解除保险,稳固装填放入发射滑轨,推进水密舱门并合闸。舰桥上,艇长普里恩从潜望镜里盯着沉睡在岸边的庞然大物,发出了确认目标的指令,武控官开始给水密发射舱注水加压,普里恩表情严肃,等待武控官向他作出了可以发射的手势之后,深吸了一口气,眼睛仍然看着前方的"皇家橡树",低声说道:Schieken!(德语:射击)

随着他的一声令下,潜艇前方传来几声短暂的闷响和颤动,数枚鱼雷从艇艏的鱼雷孔中弹射而出,在活塞发动机的带动下驶向前方不远处的"皇家橡树"舰。不过,也许是由于港内水流的作用,第一轮发射的三枚中有两枚鱼雷在前进的过程里不知道为什么偏离了航道,分别变道驶向了其他地方,先后打中了位于"皇家橡树"后方的"飞马"号水上飞机母舰。只有一枚击中了前方的"皇家橡树"船体,不过,这也已经足够给船上的人们以足够的震撼了。

普里恩舰长从潜望镜中看着鱼雷发动机在水下掀起的气泡航迹若隐若现地延伸向前方斜卧的巨舰,然后消失在夜色与黝黑的水面结合为一体的地方。这枚威力巨大的 G–7e 型鱼雷不辱使命,从战舰的艉部与之发生了接触,几秒钟后,他看到,那艘排水量高达三万四千多吨的战列舰陡然向一侧极小幅度地摇晃了一下,船上的灯光晃动同时传出了惊叫声,但马上就被船体水线下方喷爆出的一大股水柱混合着炸响所掩盖住了。将近两百米长、数十米宽的船身带着火焰在水中摇晃不定,被击中的船体金属外壳开裂崩翻,呈现出一个不规则的大洞。

在巨响声中,岸上和其他的船上值守的官兵都喧哗了起来,许多人从自己的舱室或岸上的宿舍里跑出来,赶向岸边,看起来像是要登船帮助船上的人一起灭火抢救。一不做二不休,普里恩上尉眼见船只没有沉没,立刻命令手下的士兵们加快动作再次进行装填,几分钟后,第二次仍以三枚齐射的方式射出的鱼雷再次直取"皇家橡树",这是一次对"皇家橡树"来说比之前更加致命的攻击,为了保证命中率,U–47 逼近到了距离这艘巨舰只有1400 米的距离,三颗鱼雷射出形成的攻击扇面将会进一步缩小,凭经验,普里恩几乎可以肯定,这次的鱼雷绝对可以全部命中目标。

此时,"皇家橡树"上正忙乱成一片,刚才的那枚鱼雷命中的地方刚好是战舰的弹药库,人们拼命用水枪浇灭还在燃烧的舱室,并向外泵出涌进的海水。大量的弹药都被奔忙的水兵转移向安全的地方。由于港内的平静和对防御能力的完全信任,人们几乎没有想到会是外来攻击造成了这一切,他们还以为是弹药库出现了机械故障产生了火花导致了这场爆炸的发生,但很快,后续赶来的三枚鱼雷就为人们解答了这个疑问。这一次,"皇家

希特勒四大爪牙·邓尼茨

橡树"再也没有刚才那么好的运气了,三颗鱼雷先后准确地在船身水线下方引爆,船身的龙骨和外壳被冲击波震裂,错开的前后船身扭曲歪倒,像一头悲惨的、被撕裂的动物一样发出渗人的轰鸣声,大量的燃油、破碎的船身部件和许多在船上被震伤炸死的人们纷纷涌入水中,紧接着就被船身上的火焰点燃,整个港湾里火光、惨叫声连成一片,U-47 趁乱逃出了港湾。等到英国位于外海的军舰收到消息赶回的时候,普里恩上尉和他的手下们已经踏上了返航的旅程。

邀功

通过身处英国的间谍的报告，德国方面在 U-47 返航归港之前就已经得到了普里恩上尉等人攻击得手的消息。邓尼茨第一时间将这个足以对英国海军乃至整个国家士气造成打击的消息反馈给了元首希特勒，后者立刻命令媒体公开这件事情。当时，"皇家橡树"号在整个英国皇家海军内部有着十分特殊的地位，它的名称是用来纪念一颗在英国内战时期曾经掩护英国国王躲过起义士兵搜查的大橡树，由于当时对抗国王的士兵是来自陆军的，而英国又是在以海军立足世界的国家，因此这个名称被用在了海军的主力舰船上。在以往的多个时期，有不同型号不同用途的多艘舰船都曾经使用过这个在英军内部被视为是荣誉名称的称号，它们无不被视为是舰队的特殊吉祥象征。到了在斯卡帕湾被击沉的这艘时，已经是第八艘用之命名的舰船了，足以证明被建造时这艘船被寄予了多么大的希望。而现在这艘曾经在一战中建立了功勋的历史老船却在一贯自命海上霸主的英国人严密布防的军港中被轻易击沉了，这对于英国人来说，所包含的意义不仅仅是单纯一艘战舰战损的消息而已，而是一种在整个国家传统脸面和荣誉上的损失。

这样好的一个机会，而且还是元首亲自督令报道的，德国的媒体当然全力开动。几乎是在事情发生的第二天，《皇家橡树号驱逐舰被德国潜艇击

希特勒四大爪牙·邓尼茨

沉》的报道就已经见诸德国和周边多个国家的报纸题头。对港内莫名其妙的爆炸还一头雾水的英国方面对德国人这一系列精心设计的"组合拳"显然毫无准备,他们在仓促中一开始提出质疑,认为这艘船是因为内部的弹药库燃烧殉爆导致舰船最终沉没,后来又改口称确实是德国人所为,不过进行偷袭的潜艇已经被后续赶来的巡防舰艇所击沉。但无论如何,英国在这件事情上始终还是慢了老奸巨猾的德国人一步,而最为重要的是,军港的失防,让当时目空一切的英国海军高昂的士气受到了打击,对于英国海上无敌论也出现了不信任的声音。

或许是因为在最擅长的事情上出现了失算,遮丑的急迫压过了对事情本身的反思,英国军方没有意识到这场攻击其实是一次在有内部间谍提供准确资料与数据的情况下进行的严密的行动,在海军内部,普遍将这次偷袭看成了是"德国人走了狗屎运"的一次偶然。

不管英国人是怎么想的,在英国人骄傲的鼻子上打下了狠狠一拳的主角——U-47艇于1939年10月17日安全返回母港威廉港,船身上还多了一幅用防水笔涂上的涂鸦:一头斗志昂扬直喘粗气的公牛。这是艇长普里恩和船员们为了炫耀和庆祝这次的成功而画上去的,并将之命名为"斯卡帕公牛"。亲自来到港口迎接的邓尼茨和海军总司令雷德尔宽容地对这群刚刚建立功勋的士兵们擅自绘画的行为表示了默许,根据前者的秘书多年后回忆说,那会儿邓尼茨虽然竭力绷着脸,但实际上已经"开心得就差没当场笑出声来了"。在他看来,普里恩的U艇不仅带回了一场战斗的胜利消息,同时也为他开启了实现理想和战略理念的机遇。

潜艇的艇员们集体登上港口的岸边,当时,码头已经有许多人在等待着这些人了,他们有些是来自报纸等媒体的记者,有些则是来自当地的普通居民。在这些人们的欢呼和掌声中,邓尼茨亲手为他们每个人都颁发了

铁十字勋章,并领受了雷德尔颁发给他的少将委任状。不过,当天最重要的一场授勋,还是在晚上一行人前往政府觐见希特勒的时候,由希特勒亲自向普里恩艇长颁发骑士十字勋章的过程。当着一大群纳粹和军政要员的面,希特勒亲口称赞他和他的艇员们完成了一场"最精彩的刺杀"、"没有什么是能比在当年留下遗憾的地方收回荣耀对德国海军更加重要的功勋了"。当晚,潜艇上的船员们获准与元首共进晚餐,邓尼茨和雷德尔也在席间陪同。当酒过三巡,大家语酣耳热的时候,邓尼茨知道一直等待的机会到了,借着敬酒的机会,他站起身来,以一种平淡的语调对兴致高昂的希特勒说道:"我的元首,必须说很荣幸能和这群勇敢的人们一起享受这个夜晚,海军需要这样的胜利。不过不能不说,我们也很需要带来这些胜利的工具。您知道,U 型潜艇太少了,实在没法让我们的小伙子们每人都拥有一只舷壳上的公牛。"

这个幽默的抱怨让场上的人们都笑了起来,希特勒也露出饶有兴趣的神色,抬头看向他,问道:"那么,您认为我们的海军需要多少潜艇?"

"如果这么说不算冒犯的话,"邓尼茨的声音听起来依然理性而平淡,但是眼睛却亮得吓人,"我谨希望,是您对我们全部信心所能兑换到的数字的 5 倍。而我可以保证,在未来,它们将会向您送上 50 倍于今天您所给予我们的一切。"

这番斩钉截铁的话镇住了场上的所有人,在座的士兵们也无不目瞪口呆。在邓尼茨身侧的一个中士轻轻碰了碰坐在他身边的伙伴,轻声问道:"我们的头儿疯了吗?"

"恐怕是,不过……你知道吗?"

"什么?"

"我想,我们这辈子应该是跟对人了。"

希特勒四大爪牙·邓尼茨

失之交臂的大猎物

在人有限的生命当中，机遇的重要性是不言而喻的。有些机遇一闪即逝，机遇不能假设，也不能推倒重来。

邓尼茨的冒险举动并不是没有回报的，经过考虑，希特勒同意了邓尼茨的意见，拨下一批专款用于扩建潜艇部队并下令要制造厂家研制新型U艇，这无疑解决了他的燃眉之急，要知道，海军在开战后所执行的任务有70%是需要由潜艇来完成的，尤其是面对英国的强势海军的时候，能够形成不对称优势的，唯有德国成熟而神出鬼没的潜艇部队。

在当时，无论搜水雷达还是探测声纳都还没有正式开始发展，英国人观测水中运行潜艇的唯一方式就是，用飞机或舰船瞭望哨位上的望远镜来查看茫茫大洋上可能刚好出现的细小潜望镜与通气管，只有通过这些才能判断潜艇的位置。

不过相对的，英国方面也十分清楚德国这项优势的价值和他们目前潜艇数量不足的窘迫，对于所发现的潜艇无不采取尽力扑杀的策略以确保其被发现之后就能被消灭，以确保打掉一艘德国就少拥有一艘能被调动出海的潜艇。这样一来，英国就有机会利用现有水面舰队规模较大、且有着更为强大的造船产能的优势，与作为盟友的法国海军共同完成全面封锁布局，使德国未来即便建成了新的潜艇部队也仍然处于被动局面。但是，他们实在是低估了邓尼茨扩建潜艇部队的速度和对其使用方法的研究。先期作战中珍贵异常的远洋潜艇的损失更是刺激了邓尼茨加速推进潜艇扩编的急迫性。

在袭击斯卡帕港成功之后,潜艇数量的后续建造得到了保证,受到鼓舞的邓尼茨为了巩固战果,对手头上的 U 艇们活动范围进一步放大,但是与此同时,也更加严格地限制了他们对于进攻目标的选择,数量有限的现存远洋潜艇只有用来对付最有价值的目标才能让所付出的每一颗鱼雷都变得有意义。

在斯卡帕港的袭击时间过后不久,英国第一海务大臣宣布,这座港湾不适合再作为驻留军舰之用。不过,早在这次袭击结束之后,邓尼茨就已经开始着手研究推断英军将会把舰队移动到什么地方,毕竟,作为一处难得的深水母港,担负的是周边一定范围内绝大多数本国舰船的补给和停靠需求。而现在,这座港口不再具备安全防范对手袭击的能力,加上沉没的船只对其他舰船的停靠形成了不便甚至威胁,舰队在得不到有效庇护的情况下,必定会寻求更稳妥的港口作为驻留基地。普里恩的潜艇返回后,邓尼茨便要求另外两艘潜艇即刻出发,前往斯卡帕湾所在的奥克尼群岛以西的开阔海域,因为舰队如果要前往最近的一处军港,这片区域可以说是必经之路。邓尼茨有心在这里利用两艘潜艇组成的搜索／打击分区来狙击这批转移的战舰,将普里恩失之交臂的战果拿回来。

敏锐的直觉和作战经验帮助了邓尼茨,他的判断十分准确。斯卡帕湾失防的情况,尽管英国对外宣称是已经将德国潜艇击沉,但实际内情他们自己心里还是很清楚的,尽管水面和水下布防严密,但是斯卡帕作为一个军事港湾终究所占的面积还是过于巨大了,不便对港内和湾内的每个角落进行即时情况的侦察掌握,只能依靠有限的巡防系统按照海图进行间歇性

希特勒四大爪牙·邓尼茨

的巡逻,这次失防的主要原因可能就是因为德国人掌握了进入港湾的通道与港内警戒巡逻的强度和频率,绕开巡防船队打了"皇家橡树"一个措手不及。眼下,港口通道既然已经失去保密性,那么德国人来得了第一次,也就来得了第二次,转移舰队就成为了唯一也是必然的选择。

为了鼓舞士气,在计划确定以后,时任英国海军大臣的温森顿·丘吉尔亲自前往舰队指挥这次转移行动。10 月 30 日,他乘坐"纳尔逊"号,与包括"胡德"号在内的十多艘战舰组成的舰队在斯卡帕湾进行了最后一次补给之后就驶出了这里,但不巧的是,他们刚一出来,就被等在群岛西面航路上的德国潜艇堵了个正着。

当时在舰队航路上等待发动伏击的两艘潜艇分别是德国潜艇部队的U-56 号和 U-59 号艇,它们和 U-47 一样,满载着鱼雷游弋在这片区域,并警惕地观察海上的动静。30 日当天,在指挥部等待多时的邓尼茨突然接到了前方 U-56 号艇船长察恩发回的消息,称发现了由"胡德"、"纳尔逊"等战舰所组成的英军舰队正在驶离奥克尼群岛,他立刻下令对作为旗舰的"纳尔逊"发动攻击。

不过,这一次的情况和在斯卡帕湾里打如同静止标靶一样的"皇家橡树"号不同,舰队是移动的,而且分为多个层次,这使 U-56 的攻击角度很难把握。为了进攻被簇拥在舰队中前部的"纳尔逊号",U-56 不得不采用了一个在德国海军作战条令中被禁止的、十分冒险的办法,它加快了速度从水下潜入到舰队的集群当中,然后从缝隙中小心翼翼地重新提升高度,这才获得了可以直接瞄准敌舰的攻击位置,但是因为敌舰始终处于运动当中,潜艇的位置又过于接近,因此至多只能进行一轮齐射攻击,之后就必须脱离敌军编队,否则就有暴露自己、遭到深水炸弹围攻的危险。

为了避免敌方用这种手段逼降德国潜艇并俘获这种秘密武器化为己

用,邓尼茨沿用了以往的训诫,严令不准使用这种手段进行作战。但是察恩为了完成任务,选择了铤而走险。在艇长下达攻击命令之后,U-56用前方的发射管一次发射了三枚鱼雷,为了能尽量准确击中,U-56在因双方运动轨迹差所需要的提前量基础上略微延后了一些,以便在第一发鱼雷击中船只导致其航行受到影响的情况下后面抵达的鱼雷仍能命中。并且为了确认战果,潜艇没有马上撤离,而是在鱼雷发射后仍留在编队的下方等待命中。但是,U-56没能重演U-47的成功,三颗鱼雷在压缩空气与活塞的推动下狠狠撞击在了纳尔逊的左舷肋部,连潜艇的船员们都听到了水中传来咚咚嗡嗡的沉闷金属碰撞声,但是鱼雷引信却不知道为什么而并没有能正常工作,鱼雷没爆炸就被弹开,沉入了深海当中。

"纳尔逊"号上的官兵也十分机警,在船身受到撞击之后马上判断出是有潜艇在搞鬼,一时间各舰船之间警铃大作。U-56眼见情况急转直下,只得趁着对方还没找到潜艇的位置投下炸弹之前下潜溜走了。

事后得到报告的邓尼茨十分失望,这场他精心布置的截杀无论在时间还是在定位上对于英国舰队来说都非常致命,然而鱼雷的失灵,却让这一切投入都失去了意义,尤其是他事后听说丘吉尔也在"纳尔逊"号上的时候更是懊悔不已。加上船长违反命令,在一怒之下,他暂时将船长解职处理,并命令所有潜艇部队官兵都要加大对鱼雷的保养和检查力度,绝对不能再出现类似的情况。但是通过这件事情,也让他认识到了一点,那就是德国水下舰队不仅是数量贫弱,也有着战术搭配上的不足,"狼群战术"只是一种潜水艇群进行围攻的宏观标准模式,而在具体操作上,由多艘潜艇形成的临时小组进行攻击的时候要怎么安排阵位,则是另一种概念了。

更加具体的假设中,如果这一次攻击当中另外一艘潜艇或者还有其他分布于这个海域的潜艇能够在发现敌舰队的潜艇提供信息后及时响应并

希特勒四大爪牙·邓尼茨

配合夹击,那么"纳尔逊"和丘吉尔再怎么幸运恐怕也是在劫难逃的。他深刻地感受到,要想让潜艇部队成为高效的水下绞杀机器,还要让它们充分学会怎么搭配作战才行。不过,邓尼茨对于完成这个任务很有信心,孤狼狙击的日子即将结束,磨尖了牙齿的狼群即将涌出它们的巢穴,用英国和法国的船只填报它们饥渴的荣誉之胃。

四

大爪牙

第六章

"海狮"遇挫，"海狼"逞威

初现锋芒的狼群利爪

　　斯卡帕湾袭击事件之后仅仅不到半年的时间里,呈交到英国海军司令部办公室的潜艇袭击报告就开始呈直线上升,英国人发现,大量的德国潜艇几乎是以癌细胞般恶性繁殖的速度在大洋里批量出现。其攻击范围之广,出现之频繁,甚至胆量之大都令人颇有种"耳目一新"的感觉。这些潜艇不仅如同在一战期间一样袭扰英法联军的军事运输队伍,也大规模攻击普通的民用航线,致使英法舰队不得不分出不小的力量,为各大运输航线提供保护。

　　在以往,这种伴随性的护航往往能够对形只影单的德国潜艇形成比较有效的威慑,即便无法将之击沉,战舰上的深水炸弹和火炮也能对潜望镜必须露出水面之外的潜艇产生较强的吓退作用。然而这一次,德军的潜艇却似乎充分开展了分工合作,有一种被护航的英国船只记录下来的战术曾经这样描述了德国潜艇的活动:当他们袭扰船只的时候,如果船队规模相对较大,首先会有一艘潜艇以与敌方船队平行运动的方式吸引战舰的注意力,另外一艘潜艇则以隐蔽的方式接近船队,在护航战舰的另一方位突然浮现,并与前面的同伴交替进行机动吸引对方观察自己,而在这时,往往已经有其他几艘不知何时赶来的潜艇对护航舰船发射了鱼雷,很多的军舰和民船就是栽到这种招数之下。

希特勒四大爪牙·邓尼茨

如此一来二去,使得英法的护航舰队不得不为之疲于奔命,然而反击获得的战果却并不丰厚。面对这种形式的逆转,英国人很快就从中找到了唯一的答案,如果不是德国人学会了分身术,那就肯定是这些潜艇得到了大量的扩编。

如同英国人所判断的那样,德国潜艇如同爆炸一样的增加,是邓尼茨为最大限度发挥德国潜艇所长的一种策略。尤其是其中航程更远、携带的弹药和火力更多、威力更为强大的新型潜艇,越来越多地开始充当远洋作战中的斥候与尖兵,它们分布在英法军队的行军、运输以及民用舰船航线上,搜猎从此经过的任何敌方船只。而海军所获得的资金和政策上的支持,使邓尼茨能够为这些前方的猎手越来越充裕地配备武力雄厚的支援团队——攻击潜艇群,只要前方的潜艇跟上了一批猎物,就会将暗号以密电码的方式发出联系位于总部的司令机构,然后其他地方待命的潜艇集群就会在司令部的指挥下分出相应的部分奔赴发信的潜艇处,与前者共同执行诱敌和击杀的任务,这种作战方式往往能让对手的船只不知不觉中消失在大洋深处。

随着拥有的潜艇总数快速提升,为了便于安置作战区域,同时也是为了精益求精,这种松散而步骤较多的战术被进一步改进为伴随式的方式,即每个潜艇群都分为几组,各负责一个区域,每个小组由一艘前后负责侦察的潜艇和十艘左右负责进行攻击的潜艇组成,后者专门向前者提供作战支援服务。

整个作战过程类似陆军步炮兵结合侦察作战当中经常采用的战术,只不过潜艇本身就结合了步兵和炮兵两者的所长,每当侦察者发现了敌人,就会使用专门的密码机直接发送信号给后方的团队,一组潜艇就会一拥而上群体进攻,以风卷残云之势摧毁落单的敌人。

如果敌方是有护航军舰护送的船队潜艇群攻击存在较大风险时,那么潜艇的战术也会相应的改变,通常会由多艘潜艇齐射鱼雷先行打击船队中拥有武装和大型船只,废除掉对方的逃跑和抵抗能力,然后再浮上水面,用潜艇上的防空炮和甲板炮火清除残余的无武装或小型的船只,避免对小型目标命中率不高而又价格远比炮弹昂贵得多的鱼雷因为击空而发生浪费。但后半部分的情况通常很少发生,因为在大洋上能够进行货物运输的舰船很少会是小型船只,不过民用船只的牢固程度远远不及军舰,潜艇的甲板火力已经足以对它们中的绝大多数造成致命伤害了。

希特勒四大爪牙·邓尼茨

战术上的精益求精

可以说,作为德国人,邓尼茨追求精密的思维已经把潜艇作战打造成了一种细致而周到的实用统筹学。但是即便如此,在德国袭扰之中遭遇了严重损失的英法舰队的竭力反击仍然给投入使用的潜艇群造成了不小的损失。从1939年11月到1940年3月,随着天气持续寒冷,双方海上交战损失的舰船上人员死亡率也持续走高,英法方面水面舰艇的损失自不必提,德国潜艇尽管一直都被不断地制造出来,每个月战损的数量对于新生产的潜艇数量来说也相对显得比较微小,但是最让邓尼茨感到忧心重重的兵员伤亡始终难以弥补。

任何战争,工具始终是需要由人来驾驶的,尤其是精密复杂的海上舰艇。潜艇只要有资源有电力就可以源源不断被生产出来。但一艘潜艇被击沉同时所附出的代价往往是几十上百位官兵的死亡,根据当时各国的经验,无论什么样的战舰,服役于它的船员在培养上就需要花费好几年的时间和精力,一架飞机可能只需要学过几十个小时的新手就可以开上天,但这种情况放在战舰上是完全不可想象的。即便按照现在这样的损失速度来看,在兵员问题上有着先天性劣势的德军迟早都会陷入窘境当中。

另外,在当时英国虽然已经试制成功了第一批反潜专用的声纳探测系统,但是因为其搜索角度比较偏下,只有当潜艇恰好位于一定深度以下潜

航的时候才能发挥作用,而实际上,德国的潜艇绝大多数巡航阶段都是藏在水面下方较浅处,以便于在侦察时使用潜望镜,并在发动攻击时使用鱼雷或上浮开动甲板武器,这就使这种声纳在绝大多数的时候成为了摆设。早期英国反潜声纳因为技术和设计原因有着很多的故障和自然产生的信号干扰,尽管已经投入了实战应用当中,但是糟糕的可靠性和实用性让它们并没有发挥应有的作用,被潜艇上安装有更先进探测声纳的德国潜艇兵们戏称为"肚脐眼上的鼻子",但邓尼茨却意识到了这背后对于潜艇来说所隐藏的危机。

人类的一切发明与进取都是基于对以往能力不足进行补充的愿望,最初的时候往往都有着各种各样的不足和缺陷,但这并不等于人们可以将其所代表的历史意义就此抹杀。

反潜声纳的用途,从军事上来讲,在于让海下无法使用可见光侦察手段的环境中所潜伏的敌人,能够被人们以另外一种方式所感知到,使潜艇最重要的隐蔽性被削弱甚至废除,现在的声纳不堪用,意味着英国人会加快改造和研制新的、更大功率和适用范围的探测设备。到了那个时候,德国的狼群们恐怕将会无所遁形,尽管现在德国方面看似暂时占据了战场上的主动,但是一旦隐身水下的优势丢失,双方的战损将会重新拉平,给原本在正面战场上兵员就已经处于劣势的德国带来更大的压力。因此,根据一战的经验,从整体战略上来看,德国无论海陆空三个方面都要全力以赴,一直牢牢把持住战争的优势地位并应尽快将至少英法这两个欧洲对德国威胁最大的国家降服,才能保证德国不会有机会陷入到对它最为不利的消耗战当中去。

但是,这种想法显然是不现实的,虽然人们都说三军作战,可是战机不能永远在天上飞翔,战舰也不能开上陆地,决定国土归属权的仍然只能是

希特勒四大爪牙·邓尼茨

最传统的陆军。如果说潜艇在海上依靠的是数量、隐蔽和鱼雷的强大攻击力,那么究竟有什么办法,能够让德国处于数量上劣势的陆地军队面对数倍于自己的英法联军而仍在战场上保持主动权呢?

邓尼茨为此而忧虑,不过这并没有妨碍他继续为自己效忠的对象努力奋斗。但他所没有想到的是,历史充满了巧合,他所想象的这些"不可能",最终却都变为了"可能"。

"狼群"移师法国

1940 年,欧洲进入一个决定命运的十字路口。无论对于英、法、荷等国,还是法西斯德国及其仆从国来说,都知道决战即将到来。邓尼茨在担心这些事情的同时,纳粹德国的元首希特勒同样也在头疼。在海上,德国和英法舰艇来往互有胜负,并没有太大的顾忌,但是各方押下了最大筹码的陆上战争一旦启动,也就等于是图穷匕见、不死不休的时候到了。当时,德国全国所能动用的军队只有三百多万,其中还有相当一部分是预备役人员、老弱残兵和预防苏联趁火打劫的部队,无法寄望他们在西线的实际对抗中发挥什么作用,将这些部分排除之后所剩余能够派上用场的军力加起来也只有不足两百万而已。而他们面对的,则是已经在荷兰、卢森堡和比利时境内对德国虎视眈眈的三百多万的多国联军。

在希特勒先发制人的要求下,德国统帅部根据施里芬计划的原内容,制定了一份主动出击正面作战的行动方案,被称为黄色方案,主旨是以正面快速突破防御进攻法国。但是这份计划明显缺乏新意,仍然沿用一战的老路,对于如今兵力和武器数量欠佳的纳粹德国来说,想取得胜利,是很难的,这让希特勒感到很不满意。而在这个时候,一位名叫曼施坦因的年轻军长向希特勒献上了一个比较冷门的计划,他提出:法国正面制造的马奇诺防线攻克需要花费很大力气,而在低地三国又有敌方大量部队陈兵待战,想要避免损失尽快攻入法国境内,可以从地形陡峭、道路狭窄的阿登山区将装甲部队送入比利时。那里因为以往难以用车辆逾越而少有防守,便于快速楔入对手防线后方的法国境内,在空军轰炸的配合下,纳粹从侧翼和后方围攻驻扎在比利时的联军部队,这样一来,虽然需要冒着可能会被人从侧翼截断后路的危险,但是可以有机会以极小的伤亡换来极大的战果。一直期望着获得"廉价胜利"的元首对于这个计划产生了很大的兴趣,加上后来发生了一次意外导致黄色方案的内容泄露,最终希特勒选择了以曼施坦因的作战方案为核心的新计划。

世间的至理总是彼此相通的,如果说邓尼茨成功地运用潜艇制胜大洋是依靠了火力、机动和隐蔽的话,那么曼施坦因就是在保留火力的基础上,针对陆上潜入作战的需求将机动强化为了速度,将隐蔽延伸成了诡秘。1940 年 5 月 10 日凌晨,当德国的 A 集团军群战战兢兢地通过了阿登高地之后,他们惊喜地发现,摆在自己面前的简直就是一片毫无阻拦的通途,没有没完没了难啃的战壕和工事,没有厚重绵延几百公里的马奇诺防线,只有等待着他们尽情驰骋侵略的广袤土地。

在抢渡默兹河之后,德军凭借车轮和履带的速度,在比利时,对英法联军后方快速展开包抄行动,渡河当日就攻下法国军事重镇色当。等到联军方面发现大事不妙的时候,已经失去了最佳的阻击时机,被紧急派出进行空中打击的轰炸机和战斗机也被德军打得铩羽而归。正面的 B 集团军群和侧面掩杀而来的 A 集团军群终于张开了血盆大口,凶猛地扑向了被包围在正当中的英法联军,后者在无奈之下为了避免遭到敌人完全切断后路,只能抛弃一切建好的据点和工事朝唯一还保持畅通的后方——法国境内退却。但是,作为德军进攻主力的装甲部队机动性相较联军的步兵强出十几倍之多,而平坦的法国内陆又几乎无险可守,联军被迫在由古德里安、隆美尔等将领率领的德军快速冲锋下一路退却,几乎是被驱赶着后撤,整个法国被突入境内的德军像切黄油一样分割为了两半。政府不得不弃守巴黎,境内其他地区的军队,也无法援助被德国人越来越小的包围圈困在北部海岸地区的联军,一百多万残存的联军队伍面临着或者被赶下大海、或者被德国人的炸弹与炮火碾碎的绝境。往日被视为是横亘欧罗巴大陆与英伦三岛之间,防御德国进攻天然屏障的英吉利海峡,此刻却成了让英法两军与生路天人永隔的高墙。

为了保留实力,当时已经成为了英国首相的丘吉尔,紧急组织了一次名为"发电机行动"的运输计划,调集了从民间到军方的大量运输船只前往敦刻尔克海港,赶在德国陆军恰好暂停前进时,将困守于此的英军和尽可能多的法国军队撤离到英国境内,这次撤离总共完成了 33 万人的运输,创造了战争史上的奇迹同时,也让法国再无余力对抗德军。1940 年 6 月 18 日,偌大的法国已经没有可用之兵,宣布向德国全面投降。

这无疑是一个历史上最为诡异的巧合,谁也无法想象如同痴人说梦一样"一个月逼降法国全境"的战果,在贪心妄为的元首、心思奇异的参谋和胆大包天的前线指挥官的组合下居然就这样实现了。由于陆海空三军的作战相对独立,而这次法国战役的发起又保持着高度的保密性,海军方面几乎是完全不得而知的,而希特勒似乎也并没有命令海军的舰艇加入到这场作战当中来的意思,毕竟,虽然动用潜艇能够相对有效地破坏英吉利海峡的撤退行动,然而这必将引来英国方面和法国民间的全面仇恨,而且,攻击搭载败兵与伤员的船队显然会让纳粹政府在国际社会的道义上陷入被动,考虑到下一步与英国还可能要进行谈判,希特勒几乎是故意留下了空隙放走了这批英国人。

邓尼茨本人在得到法国投降消息的时候,第一反应就是震撼,第二个

希特勒四大爪牙·邓尼茨

反应就是失望。因为，拥有如此重大历史意义的战役当中竟然没有安排海军的出场，这不管从哪个方面来讲多多少少都是一种排斥，但没过多久，一股狂喜又涌上了他的心头。在法国投降的当天晚上，他带上了一份标注有法国海岸所有港口情况的地图跑去求见自己的顶头上司雷德尔司令，努力压抑住心中的激动对他说出了自己长久以来所期待的一句话："先生，这片海洋(大西洋)现在是我们的了！"

法国的沦陷，意味着它境内的所有军港和基地都成为了德国的所有物。邓尼茨对于这个天赐良机当然不会客气，潜艇部队很快就与陆上设施一同进驻了法国的各个重要港口，到了1940年10月的时候，法国向西的比斯开湾海岸线全部成为了德国水下狼群的地盘。唯有北方英吉利海峡由于密布着英国的岸防系统和水面舰队，德国人暂时还不敢随意靠近其附近，但根据眼前的战争趋势，邓尼茨认为，这个"暂时"的持续时间也不会太远了。

不列颠的危机

　　英国人此时的心情应该说是十分沮丧的，在法国战役中损兵折将不说，连法国这个抵御德国攻击的盟友也被占领，并转而成为了敌方阵营中的棘手角色。为了避免德国因获得法国的水面舰艇而增强海军实力，英国先发制人地用轰炸的方式将尚未完成对德国占领军交接的法国港口舰队进行了破坏。一大批法国战舰受损于英国的攻击，许多法国军人也因此出现了伤亡，这使得原本就已经因为战败而成为了敌对双方的英法在民间产生了更深的裂痕，不过，法国的沦陷带来的结果中最糟糕的还是要数英国在战略地位上的剧变。

　　英国和法国具有的海上和陆上军事实力，原本可以对任何国家形成稳固的优势，它们同为大国，在军事同盟的构成结构上要比由多个小国家所形成的联盟更加稳固和易于操控。但是，当这两者之间出现了分裂时，它们彼此所不擅长的一部分就失去了另一方带来的补充，其缺陷可谓一下子就暴露殆尽。事实上，英国在陆军方面虽然没有法国在海军上的缺陷那么显著，但是当德国的虎狼之师与法国原有的陆军规模结合起来之后，加上德军所拥有的令英国人十分忌惮的潜艇部队，情形就不一样了。举一个形象的例子，这就等于是使英国的处境从对抗德国时的 2:1.5 一下子变成了 1:2.5 的不利境地，这种差距瞬间就被拉大到了一个可称是悬殊的地步。而这，还不包括在战机质量和驾驶员能力上占据着双重优势的德国空军所能发挥的作用。

英国的危局，从这时才真正开始，不过，面对这种情形，英国并没有束手待毙，而是一方面调集国内的防空力量和战斗机开赴相关地域驻防，一方面集中了社会资源继续加紧研究和改进声纳与对海雷达。另一方面，他们需要应付的，还有德国人咄咄逼人的外交和军事打击所带来的压力。

在完成了对法国境内的控制之后，希特勒几乎是立即就将目光转向了英国。他知道，现在的情况和之前绥靖与和平主义占据舆论主流的时候不同，德国已经将法国侵略并占领，破坏了在英国人心目中对于"欧洲均势和平"这个概念的红线。在现在这种情况下，英国是绝对不会安分地等待他来予取予求的。即便失去了法国，英国也会尽可能地利用自己一切能够动用的资源，来阻止德国进一步吞并整个欧洲的行为。

为此，希特勒也并非完全没有准备，为了让英国感受到来自德国的"善意"，他可以说是有意识地在敦刻尔克阻止了陆军的前进，让一部分联军得以撤回到英国本土。但在此同时，由空军负责的追剿行动却在与英国空军的交战中出现了不小的损失，这使纳粹德国上下不得不对英国剩余的陆军与空军实力进行重新评估，最后，总参谋部确认，在没有对法国的军事基地和设施进行全面占领和进驻之前，仅凭现在的军力是不足以直接投入对英国本土作战的，更何况，英国仍然牢牢把持着英吉利海峡的制海权，这使得大规模的海上运输兵力登陆变得十分困难。

为了避免英国对法国境内的德军和重要设施进行偷袭，同时也是为了接管法国全境腾出时间，德国在敦刻尔克追击战遇挫之后就暂停了攻势，并致电英国方面要求停战谈判。在希特勒本人看来，排除了对己方有利的那些因素之外，这已经算是对英国人格外网开一面了。德国的陆地师团们虽然不能跨越海峡直接攻略英国的土地,但是却依然有着优势数量的空军部队,占领法国意味着德军得到了大量的机场与制造弹药和机械的工业资源,而英国战机却难以接近德国本土。如果愿意的话,全力进攻的德国空军可以在一个星期内,将英国最重要的几大城市逐个用炸弹清洗一遍,问题只在于他愿不愿意下达这样的命令而已。但在英国政坛一向圆滑精明的丘吉尔在对外问题上却坚定得令人吃惊,他措辞严厉地拒绝了希特勒进行和平谈判、将现状固定下来的企图,宣布将与"欧洲所有的同仁一起"把战争进行到底。德方连续数次提出的要求均被拒绝,这让希特勒失去了最后的耐心。原本他所计划的是和英国暂时稳定关系之后,利用德国及其仆从国加上从法国、荷兰等地投降改编而来的军事力量突袭苏联,但是现在,英国人的顽固使他面临着两面作战的危险,因此希特勒决定:谈不成,就用战争让它屈服。6月末法国战事彻底结束后,德国就开始着手准备以法国为跳板,以占有优势的空军和陆军对英国发起全面入侵的计划,这项作战计划的名字,就是"海狮计划"。

　　从实质上来看,海狮计划虽然是围绕空军和陆军装甲兵来设计的,但是在整个作战过程中活跃时间最长却是海军。也可以说是德国的潜艇部队。法国的海岸线就是一座宝藏一样,让这些原本要在数量较少的几个德国港口来回奔忙的水下海盗们过上了"衣来伸手"的舒坦日子,潜艇活动的辐射范围也随之而大大增加。在进占法国期间,由于得到了近距离港湾的援护,邓尼茨和他手下的潜艇部队对英国舰队的进攻行动变得更加频繁了,美国当时仍然坚守置身事外的立场,苏联也已经和德国缔结了和平条约,德国开始更加肆无忌惮地对英国的航路进行袭扰。从1940年7月的夏末开始,驶往英国的海上运输船开始了它们的噩梦,由于雷达和声纳的实用性不佳,英国护航船只提前发现德国潜艇的几率极低,使神出鬼没的潜

希特勒四大爪牙·邓尼茨

艇们几乎是毫无顾忌地在它们还有弹药的时候将每艘船只都作为目标来进行攻击,短短三个月的时间就有超过 149 万吨的物资随着数百艘大小船只沉入了大海,这让严重依赖殖民地和海外资源的英国本土经济与战争生产能力、甚至民间的医疗、饮食都受到了不小的影响。受此影响被严重削弱的英国海军对德国潜艇的打击能力也随之下降,潜艇部队的战损明显下降了许多,德国水兵甚至将这段时间称之为快乐时光,指的就是过于轻松的作战任务。但是反过来,它们对于战局的直接影响却也是最小的,无论德国空军还是陆军,主要的目标都是对方的国土,海军除了运输部队和攻击敌方舰船之外,基本上已经不再参与后续的主要作战任务。这应该说是后陆军时代高峰的二战时期各国三军之间矛盾的缩影,也是德国海军在纳粹政府当中身居末位的德国海军处境的一种体现。但是在此时,他们的心思并没有放在这件事上, 如何配合好统帅部的部署将英国这个顽敌一举拿下,是当下德国海军唯一值得为之付出心思的问题。

海天齐动战英伦

根据制订完成的行动计划,在 8 月 13 日,蓄势已久的纳粹德国空军以部署于法国境内的第二、第三航空队为主体,第五航空队为辅助,发动了旨在消灭英国防空力量的空袭行动,特别是岸防系统和英国的机场,这次轰炸目的是为了让英国的战斗机部队及境内的相关设施受到毁灭性打击,使之再也无力威胁德国重型轰炸机、运输机与海上运兵舰队,让德国海军可以借助潜艇的力量轻松地将英国舰队从海峡中驱走,开辟安全走廊供登陆艇将士兵运上英国的土地。

这是一场空前的海空之战,成片的轰炸机群在护航歼击机的伴随下,以遮天蔽日的规模袭击英国的各大军事基地和机场,原本按照德国的设想,先行开进的德国战斗机凭借飞行员技术与机械功能上的优势,轻松压制并歼灭一部分英国战机,让轰炸机只需要躲避来自地面的固定防空火力,这样就能够比较从容地完成投弹任务了。但是,一样特殊武器的投入使战况的发展脱离了德国人的预测,它就是"雷达"。

在两次世界大战中,英国总是能在关键的时候将某些具有独特用途的工具投入其中,它们不仅会对战况起到十分戏剧性的作用,往往还会影响世界军事科技发展的方向。在继履带和柴油机被应用于坦克之后,利用声波原理制造的对空探测工具"雷达"也被人们引入了专门的军用领域。它的工作原理主要是使用特定波长的无线电磁波发射器放出点播，经过位于波束照射范围内的实体反射形成回波，再被接收器捕捉到，搭配地图和简单的显示装置来确认目标的高度与距离。而后期的新型雷达甚至能够根据回波特点判断出飞机的大致类型。这种特殊的技术，让人们拥有了可以随时观测天空的敏锐"眼睛"。

雷达最早是 1842 年克里斯琴·约翰·多普勒博士提出的多普勒效应，通过当时的几次公开雷达作用演示，人们逐渐认识到了这种能查探百里之外情况的工具的军事价值，同时有多个国家都开始了对雷达的研究和试制，其中，远程雷达方面的研究上，英国无疑是最为成功的一个例子。早在二十世纪四十年代，英国就已经开始在本土建筑大型的雷达站，用于探测和监控指定方向的远程空中情况，针对的目标主要就是拥有较强航空工业和轰炸机部队的德国。而德国则主要将自己的雷达发展方向朝着中小型战术雷达方面推进，用于配合高射炮和中近距离防空使用。这种发展方向差别直接影响到了在德军进攻不列颠时的双方态势，利用测控距离上的优势，英国能够对并不知道对方拥有这种远程探测武器的德国战机开进的状态与位置进行比较准确的定位，引导己方临时起飞的部队在适当时机和位置前去迎击对手。

德国虽然也有观测距离与之相差不远的雷达，却主要部署在了本土，设置在海峡另一侧法国境内的雷达却无法探知对岸英军战机起飞的情况，如此一来，不列颠的空中战场几乎成为了一个单向透明的空间，英国的战机部队在雷达指引下可以绕过敌方旨在进行空战的先锋歼击机队伍，直接扑向只有不多数量歼击机护航的轰炸编队。

踌躇满志的德国飞行员怎么都没有料到，之前经受打击的英国空军居然还有胆量玩主动出击这一手。前方没有传来寻找英军机队进行空战的歼

击机部队接战的消息,而在后方的轰炸机群却等来了英国机队成片飞来的炮弹。猝不及防的护航战机们急忙上前接敌,但是由于同时要顾及轰炸机和自身的安全,性能出众的德国战机在数量上不占据优势的情况下遭遇了对手的凶猛打击,之前法国战役中,英法联军轰炸德军强渡默兹河后集结地的一幕在这里重演了,只不过这次德国人变成了手忙脚乱的一方。不过,顽横的纳粹空军在短暂慌乱之后仍然展示出了职业军人应有的素养,他们开始尽力吸引英国战机的注意力,将之诱往远离轰炸机的其他空域。在队友的拼死掩护下,德国的轰炸机在英军战机的袭击之下勉强完成了投弹任务,击毁了英军5座大型机场和一些观测站,但是自身损失也颇为惨重。

等到前方的战斗机发现情况不妙返回轰炸机所在空域的时候,战斗已经接近了尾声,早有准备的英国空军提前撤回了位于英国各地的备降机场,损失甚是微小。反过来,许多的德国轰炸机甚至连投弹都没有开始就被英国战机击坠或不得不返航自保,任务达成的情况十分糟糕。对此心有不甘的德国人在夜间再次组织了轰炸,但是夜晚视线本来就非常糟糕,轰炸进行得十分困难,加上英国战斗机不断的骚扰打击,一整天下来,德国仅坠毁在英国的战机就达到了将近50架,其余带着轻伤重伤回到德国本土的也有将近80架,虽然相对于德国所拥有的飞机总数并不算什么,但是相对于英国仅仅13架的损失数量和尚余一多半未能被摧毁的目标数量,仍然很明显地向德国人展示了一个问题:这是一场决不能轻松对待的战役。

希特勒四大爪牙·邓尼茨

空中混战

　　负责这次进攻行动的是德国空军元帅赫尔曼·戈林，这是一个十分看重面子和荣誉的人，但同时，也是一个具有丰富空战经验的人。未能按照他的计划成功击溃英国的防空力量的报告交到空军司令部之后，他立即下令查明情况，并修改了 8 月 14 日原定的作战计划。因为从情况来看，英国方面在德国机队抵达之前就已经处于在空中严阵以待的状态了，尽管是本土就近作战，但是如果漫无目的的持续巡逻，对方不太可能拥有如当天那样与德国飞机进行长时间缠斗的油料，因此，很有可能是进攻的计划或时间表泄漏并被对方所得知。加上天气状况不佳，非本土作战的德国空军受到的限制很大，下次进攻发动之前要尽可能集结有利因素，决不能让类似的情况再次出现。

　　戈林的观察力很是敏锐，事实上，德国人对于英国本土并不是没有进行过侦察行动，在早期的几次试探性的袭击中，他们曾经对英国用于发射雷达电波的天线产生了怀疑，认为这可能是一种空中通讯的支援设备。因此曾经以这些外露的天线作为目标进行了攻击，但是没有伤及其后方真正产生信号的发射站，在抢修更换之后很快重新开始运行。之后，13 日的轰炸当中，多部外置天线再次被炸弹摧毁。英国方面为了迷惑德国人，没有将之更换到更加隐蔽的位置进行布防，而是仍然在原地建造了天线，没有发现异常的德国空军也因此放弃了再在这些"不知所谓的铁架子"上浪费弹药的行为,这也直接导致了之后多次空袭英国时德国的失败。不过,凭借当时英国雷达的能力,想要准确分辨出以密集编队飞行至英国空域的德国机群究竟是轰炸机还是战斗机仍然有一定难度。之所以能让己方的战机在如此精确的时间窗口袭击轰炸机部队,除了雷达的辅助之外,还有另外一个原因,那就是英国部分破解了德国空军所使用的密码。在当时,德国有一些性质特殊的部队因为保密的需要,密码机是经过特殊改装的,而空军的密码机仍然使用的是统一制式的普通三重加密设备。英国通过对德国密码的特点分析制作出了一套针对性的解译表,通过对身处德国和法国的间谍利用就近优势截获的电文分析清理之后,大致了解到了德军的进攻梯队部署情况。这才使英国能觑准德国的软肋进行反击,不过,这一点英国方面做了很严格的保密行动,德国方面并没有察觉到电文走漏的情况。

尽管初次出击受挫,但是德国空军的总规模仍然是横亘在英国人面前一道难以逾越的高墙,戈林和空军的高级官员们经过商讨之后很快理清了思路,空袭的编队方面改为采取比较保守的外围集中护航,战斗机部分各个小编队集合成为在轰炸机群外围的大编队群,以类似古希腊城邦圆盾长矛密集阵型的方式强行推进,等到英国战机的编队升空迎战,德国也能随时分出数量占据优势的战斗机编队进行压制拦截,加上多个方向共同进攻,基本能够保证轰炸机顺利抵达打击目标的上空。这一计划虽然方法上保守沉闷了一些,但是基本上比较大地发挥了德国空军战机数量多的优势,针对 8 月 13 日的挫折,这应该说是一个比较可行的计划。但是令他担忧的是,当时时间已经进入到了秋季,在欧洲的气候背景下,天气正在转入一个十分不稳定的时期,战机的出动受天气的制约较为严重,如果不能抓紧时间趁英国当前还没有恢复元气并在国际上拉拢帮手的情况下对其进

希特勒四大爪牙·邓尼茨

行有效打击,一旦拖延到对方建立起了一支足以与德国进行正面抗衡的规模的机队,那么以后德军空军的进攻行动恐怕难度就会变得更大了,然而,这在当时却完全不是由人的力量所能左右的事情了。

8月15日,天气依然糟糕。前一天,也就是8月14日进行的侦察和骚扰性进攻没有能吸引起英国大机群的攻击,这证明了德国空军高层的推测,即英国有能力探测德国机群的状态和远道来袭方向。虽然详细程度和如何达成这一点现在德国方面还不得而知,但可以确定的是,眼下这种情况,德国想要达成轰炸英国本土的目标,只能投入全部实力中规中矩地以战斗机对战斗机的形式啃掉对方的拦截机群,否则很容易被单方面掌握了战场情况的英国人所趁,再次演变成8月13日那一天的狼狈局面。为了保证作战成功,戈林在8月15日又一次召集了空军在空袭行动中的相关负责人进行会议,没想到,当天上午在会议进行过程中,位于前方海峡岸边的观察哨忽然发来消息告知大家天气已经开始转晴了。喜出望外的戈林感到这是一个突袭英国的良机,事不宜迟,他立即简短地对军官们作了部署,紧接着通令已经在各地机场待命的战机群次第起飞,以正面强袭的姿态直捣海峡对岸的英伦,妄想利用这次的时机一举达成歼灭首要目标的目的。

作为配合,邓尼茨的潜艇部队也同步出动,悄无声息地开始对部署于英吉利海峡及其周边海域担任防空拦截任务的英国舰船进行袭扰。相对来说,潜艇在执行类似任务的时候所承受的压力要远远小于在高空飞行的战机,但是,在海峡当中活动的潜艇不得不倍加小心,尽管英国因为德军战机大举压境而暂时无法腾出足够的飞机来和战舰共同形成对潜艇的压制,但空间有限的水道使潜艇无法大量进入其中,可供其深潜规避敌方投弹攻击的区域数量也相对匮乏。为此,邓尼茨不得不将大的潜艇编队拆开,使之保持单兵作战分别袭击,保证了潜艇的生存率,也避免了因为投入到海狮计划中而导致在截击英国航路运输行动上的紧张性,但是如此一来,对英国舰队的牵制作用就随之下降了。由于数量较少,而且面对的都是体量和火炮威力较大的主力战舰,潜艇在海峡中活动的时候无法充分运用甲板炮火,只能依赖隐蔽性较强的鱼雷来进行远距离攻击,减少在近距离活动中被对方发现的可能,同时还要注意防止各潜艇之间鱼雷的误射。因为以上的限制,在海峡区域的偷袭牵制作战效果并不显著。不过,这对于英国和德国双方的主要战场——不列颠上空来说基本没有太大的影响,这场战斗的主角仍然是飞机们。

紧随着退去的阴云和大风,德军的机群如同另一片云霾般再次杀到了英国上空,分成两个集群从不同角度的通道进入了战区,这一次,第五航空队作为补充力量首次加入到了对英国的进攻行动中。但是,戈林在进行任务安排的时候却犯了一个错误,由于德军主力战机 Bf-109E 是单发动机驱动的机型,体型轻便,加速较快,飞行性能也十分优异,是德军击败英法空军的法宝之一。但是因为顾及外形和操控敏捷性,飞机一次性盛放的内油载量相对有限,难以伴随油料充裕的轰炸机完成全部轰炸任务,因此,在布置护航和空中战斗集群的时候,这种优势机型被集中编队,作为轰炸机群的开路先锋,以便利用数量优势歼灭英国空军拦截战机,而负责护航轰炸机编队的,则是一款拥有双发动机配置和更适宜远程、持续作战需求的大型机体的战机——Bf-110。

拜大尺寸机体和充足的动力所赐,这款机型上搭载了将近 Bf-109E 战斗机 1.8 倍的油料与包括 2 座航炮和 5 挺航空机枪在内多达 7 个的火力通道,附带了多处装甲,甚至还能额外携带挂装副油箱增加航程,加上庞大的数量保证的多机出动能力,在对付低烈度空战和轻武装的飞行器时表现得可称是游刃有余。但是激烈的高速空战却并不是它所适合的舞台,双发

希特勒四大爪牙·邓尼茨

动机虽然提供了强大的飞行动力,然而为了安装这两台发动机而被制造得过于平直横长的机翼却带来了很大的飞行阻力,加上为了照顾航程而采用的结构设计使发动机在高转速状态下的机动动作中表现不佳,由两位飞行员共同驾驶的设计也没能让空战性能有所改善,这一切问题和特点让Bf-110成为了一架飞行能力虽然优异却缺乏快速转向和爬升能力的空中装甲车,在与"吉普车"般灵活敏捷的格斗战斗机进行的空战中落尽下风,但相对较强的防护能力和飞行速度在一定程度上也算是勉强弥补了这种缺陷,而这也是德国空军将之选为护航战斗机的主要原因。

因为吸取了之前的教训,没有让作为前锋的战斗机群脱离轰炸机队伍太远,英国雷达也还没有能完全修复起来,能够正常使用的不到十分之三。双方只能依靠技术和实力见胜负了。在8月15日当天,不列颠上空上演了一场十分惨烈的大战,豁出了本钱的英国空军派出了绝大多数战斗机,依靠近距离防空雷达的指引尽可能利用主场作战的优势对德军编队不断从侧翼发起攻击,不与Bf-109机队进行纠缠,火力基本集中在了德军最为珍贵的重型轰炸机上。护航的战机也拼命抵抗,但是无奈,Bf-110本身的格斗能力就较之英军的"喷火"战机相差不小,又背负着为更加笨重的轰炸机护航的沉重包袱,双方咬着牙苦斗了一整天。最终,英国空中和地面总计损失了50余架战斗机和轰炸机,德国虽然成功轰炸了英国的数座机场和军事工厂、物资储备中心,但是却付出了超过其对手、达75架的战机损失总数。尤为严重的是作为北面进攻梯队成员的第五航空队所属机队,总数接近150架的编队中,作为护航者派出的Bf-110只有60多架而已,其余全部为轻重轰炸机。由于南部的空袭机群数量更为庞大,因此北侧空袭的指挥官认为对手在这边应该不会部署太多的兵力进行防御,因此护航也不需要如同主攻的南部一样采取过于严谨的队形配置。这支显然过度轻敌的队伍很快就为此付出了代价——隶属于英国第十三飞行大队的 7 个中队总计 84 架"喷火"式战斗机凶猛地扑了上来,以几乎是以一对一缠战的方式将动作笨拙的 Bf-110 与德国的轰炸机隔离了开来,余下的十多架"喷火"开始对剩下这些身宽体胖、仅能依靠尾部和背部炮塔自保的侵略者们进行随意扫射,轰炸行动已经不能再进行下去,机队被迫中止行动返回基地。此役,第五航空队总共损失了包括垂直轰炸机和水平轰炸机、战斗机在内的接近 50 架飞机,可谓元气大伤,从此之后就再也未曾参与过进攻英国的战斗了。而到此为止,德国能够动用的空军阵容也差不多都已经在英国人的面前展现过,能够留给德军发挥的空间已经非常小了。

希特勒四大爪牙·邓尼茨

战斗的变质与英国的反击

接下来的几天攻击过程中,德国的表现可谓乏善可陈,毫无新意,唯一的变化就是出动频率和架次变得更加密集,另外,在队伍编成规模方面也不再追求以绝对的大型机队一次形解决问题,而是相对务实地使用了多数战机护航较少数轰炸机,凭借绝对数量上的优势以小股多次的方式突击轰炸英国境内目标。为了削弱英国空军本土作战熟悉空情的优势,德国在除了进行大规模轰炸与有足够 Bf-109 护航的情况之外,一般都使用对于Bf-110 更为有利的夜间轰炸,但是在逐渐建立起自信的英国空军面前,其成果仍然并不算是很显著,却反而激起了更多来自英国民间人士和国际社会的愤慨,德国空军也因为频繁的出动而变得疲劳不已。但是,如果说德国方面所遭遇的问题还只是困扰,那么作为他们对手的英国空军的情况则已经可以说是艰难了。

由于战机和飞行员原本就没有德国那么充沛,在前期一系列作战中损失了一百多架战机,在净数量上损失程度虽然不及德国空军的毁伤数,但是占据战机总数中的比例却相差无几。这一百多架损失的飞机中其中大多数的飞行员都随飞机被击毁而阵亡,加上德军大力轰炸扫荡英军的战机及其零件生产厂家、飞机场、空军基地等设施,使英国空军无论地面维护人员还是空中作战人员都承受着极大的压力。不过为了抵御外敌入侵,英国空

军始终保持着极高的出勤率,在德国轰炸最为疯狂的 8 月末,英军战机的出勤架次甚至一度接近了作为主攻方的德军出勤率。但是,人的意志始终不能作为客观事物缺憾的完美补充,在德国的不断攻击下,处于弱势地位的英国空中力量终于在持续消耗中变得捉襟见肘了,短短一个月期间的损失已经超过了当月飞机制造厂的新机产量,更让人痛心的是那些有着丰富经验的飞行员们的逝去, 这无疑将加速英军空中力量素质的整体劣化下降。与此同时,位于多个地下防区的指挥中心,由于与外界的雷达站和观测哨所之间密集的电波通讯,被德国跟随攻击编队进入英国境内的侦察机所捕获, 使德国人意识到了这些指挥机构的存在并实施了多次的集中轰炸。导致总计 7 座的地下防空指挥部当中有 6 座都被摧毁,同时,大量的雷达也在德军攻击中被炸成了废铁。由于海上被潜艇封锁而导致物资短缺,难以快速修复。

如此情况下,人们都能够察觉到,战争的天平正在越来越快地朝着德国一方倾斜,但是保家卫国的信念始终支持着他们将抵抗进行下去。

战火在空中和地面蔓延,僵持在士兵之间延续,长久相持不下的战局催化着人们心中的愤怒和怨恨,仅仅对于普通的军用目标轰炸已经渐渐不能满足这种怨气。在 8 月 24 日, 一架进行夜间轰炸的德国战机遭遇了云层,在导航员错误的指引下偏离了原本预定轰炸的军事目标,飞到了几十公里外灯火通明的伦敦上空,不知出于什么样的想法,德国飞行员竟然鬼使神差般地在居民区里投下了炸弹, 这一举动立即在英国引起了轩然大波。英国首相丘吉尔愤然下令,要求空军组织轰炸机队,前往柏林进行威吓性轰炸,以此作为德国不信守国际交战条约中不可对平民进行攻击的报复行动。就在第二天晚上,由 80 多架英国轰炸机组成的轰炸队伍在战斗机护航下突击柏林,在未被德国本土雷达发现的情况下成功轰炸了柏林周边一

希特勒四大爪牙·邓尼茨

些地带。这件事让德国民众产生了一定程度的恐慌,感到颜面大失的希特勒怒斥了德国的防空管制机构负责人,并声称要对伦敦和英国所有的大城市进行进一步轰炸。

最后一点文明的遮掩,就这样从战争身上被彻底卸去,剩下的,只有对胜利不择手段的追逐。9月6日开始,伦敦取代了英国境内的所有目标,成为了德国轰炸机主要攻击的对象,在接下来的两周时间里,再也无所顾忌的德国人对伦敦的投弹量只能用疯狂来形容,由于攻击目标集中且没有指定的具体建筑物,密集度极高的轰炸几乎将伦敦掀了个底朝天,平均每平方公里的土地上由航空炸弹制造的弹坑超过了40个。然而,英国政府却并没有因此而撤出伦敦,这不仅是一种绝不向法西斯分子妥协的决心表现,同时也是以自身为诱饵,给正在拼命生产恢复规模的英国空军部队腾出复原和扩充的时间。只要纳粹的眼睛还盯在伦敦头上一天,其他地方的军工生产和军械停驻基地就能保证一天的安全。

英国人的隐忍终于等来了回报,为了有效对付德国如狼似虎的战斗机,英国空军改变了战术,不再以小编队进行穿插扰袭,而是以大编队进行突击,集中力量进行歼灭作战,避免己方单次袭击力量过于弱小,既不能有效自保,也不能对敌产生较大威胁。9月15日白天,经过重新修整战术的英国空军首次以大机群升空,在伦敦受袭后首次正面迎敌,总出动量达到了300多架。他们的这次出动仍然最大限度地利用了本土优势,避开了德军的侦察,根据后方雷达和海上观察哨提供的敌情升空,从南部的数个机场集结到伦敦上空迎击对手。此时,德国方面多达200架的轰炸机在600多架战斗机的护航下再次浩浩荡荡地直扑伦敦而来,前几天英国消极的反应让德国人尝到了甜头,但是这一天,他们苦日子终于到了。英国人的机群冷不防地从德军编队侧翼杀了出来,顿时打乱了德国人的编队,战斗机紧急变换队形掩护轰炸机，但是英国人泼辣的打法在这次复仇之战中展现出了极其犀利的锋芒，灵巧的"喷火"和"飓风"式战机上下翻飞，寻找机会从德国机群的每个可乘的空隙刺入其中，等到德国的战机追击它们而去的时候，其余的友机就会以螳螂捕蝉黄雀在后之势袭击这些德国战机，当日，伦敦的天空一片混战，密集掉落的航空炮弹和机枪弹如同雨点一样洒落在周边的地面上，直到21世纪，还不时有人能从那片地带的土壤里发现锈蚀的弹头。双方就这样在天空多次缠斗，一直持续到了晚上，两军才各自彻底收兵。

此役德国共损失了68架战机，轰炸机占据了一多半的数量，许多轰炸机没有来得及抵达城区，就已经不得不草草丢掉炸弹轻装返航保命，而侥幸返回德国的战机也不少都被打得伤痕累累，这次的轰炸任务以流产告终。反观英国方面，总体损失数量只与德国轰炸机的损失数相当。这无疑标志着英国大机群作战方案的正确和不列颠制空权正在重新回到英国人手中。亲自监督指挥了这次作战的英国首相丘吉尔激动地称之为"前所未有的重要一战"。

为了扩大战果，同时也是为了给予德国充分的忌惮。英国在完成伦敦的拦截行动之后一鼓作气集结了大批轰炸机，将所有处于待命状态的英军战机全部派出护航，几乎是紧随着德军撤走的脚步，扑向了德国囤积了大量运输舰船准备运送陆军强渡海峡的法国海岸。德国人无论如何也没有料到，一直以来被德国空军压制的英国人竟然还能组织起这么庞大的攻击队伍进行主动袭击，观察哨在发现英国战机的时候几乎不敢相信这是真的。直到它们来到了海岸线上空，机尾上醒目的同心圆军徽才让德国驻防的士兵们警觉敌人真的已经到来了，各种防空武器随之运作起来。但是，这种抵抗对于英国人来说已经够不成任何阻碍了。轰炸机在战机护航下加速飞跃

希特勒四大爪牙·邓尼茨

法国的海岸线,大量炸弹砸向了港口设施和停靠在岸边的舰船,希特勒搜集来的运兵船只被击毁了十之七八,足有近百艘之多,德国不得不将幸存的舰船暂时分别放置。

如果说,之前英国对柏林的轰炸只是一次不疼不痒的威吓,这次攻击可是真的让纳粹德国出了不少"血",也让其感受到了英国空军放开一切束缚对德国进行全面报复所可能造成的严重后果,使戈林和希特勒都不得不为之三思之后才能采取进一步行动。在此之后,德国人仍然保持着空袭的力度,但为了避忌英国空军的袭击,开始将矛头对准没有充足的防空护卫力量保护的城市和民用设施,这无疑意味着德国人原先嚣张跋扈的气势已经被打压了下去。事实上,从9月15日之役后,船队的严重损失让德国运兵攻英的计划已经基本失去了意义,对英国的持续轰炸目标从拔除对登陆作战有威胁的战略节点转变成尽可能摧毁英国军民生产能力,并牵制消耗英国的三军力量,减少英国可能对德国之后在非洲、东欧等一系列行动造成妨碍与干涉的可能,最终,在1941年5月,德国对伦敦进行了最后一次大规模轰炸之后放弃了对英国继续进行持续空中打击的行动。至此,在英国军民的不懈抗争下,英国的天空终于见到了解放的曙光。

第七章

战场的转折

乏善可陈的晋升与新的野心

　　"海狮计划"的遇挫，让希特勒没有了更多的选择，而对邓尼茨来说也是如此。

　　法国战役的胜利，从严格上来讲是一次在有足够盲点可以利用且有足够资源可以依赖的前提下进行的军事冒险，获得成功虽然有双方军事装备运用上的原因，但是最主要的还是因为德国占据了地利和时间这两大主要优势。

　　从这一点上看，在需要凭借海上和空中实力争夺登陆机会的不列颠战场上这两条优势已经不复存在了。作为主场守方，英国用海峡和强大的海军阻隔了德国对英国具有最大威胁的地上部队登陆的可能，而在戈林错误的部署下，又因为先期进行轰炸的野心过大，目标涵盖范围过于广泛使德空军部队没能集中力量快速取得显著战果，把一场本该摧枯拉朽的空中打击变成了一场最不适合空军和整个德国的客场空中消耗战，尽管战场远在英国境内没有波及德国的本土，但是，德国战机每次都需要奔袭至对方境内，这种行动模式必然将最宝贵的时间和士气浪费在了来回赶路的过程中，加大了他们被击落的可能性。最终，德国白白错失了由海军潜艇部队通过几个月的伏击制造出的英国战略物资匮乏期，只能将目光转向东线的另一大目标——苏联。

相对于德军统帅部战略重心的转变，海军方面却没有受到太大的影响。对于作为海军当前绝对主要支撑力量的潜艇部队主人邓尼茨来说，恐怕仅仅意味着需要将潜艇部队的日常任务中对"英吉利海峡"这片区域的攻击行动重要性重新标记为"次要"而已。

在海狮计划中，作为主要战斗力的群体是空军，这是对于攻守双方来说都毋庸置疑的一件事情。海军在海峡及其周边以偷袭方式能够牵制的英军海上力量对于战局起不到决定性的影响，甚至远远不如在外海航路上取得的战果，最大的作用在于配合空军共同对英国形成牵制和压迫，并为后来原定要进行的登陆作战开辟道路做好准备。但空军表现得不尽人意，让海军的一切准备和登陆前的大规模袭击计划都失去了意义，这也成为了邓尼茨心中最大的遗憾。然而令他有些啼笑皆非的是，在这段时间里，由于德国加紧袭击英国本土，迫使英国的海上防线不断向内收缩，能够为运输航路提供的护航密度下降了不少，使仍在外围不遗余力执行集群偷袭其交通线的德军潜艇收获颇丰，比较有效地遏制了英国在战时的武器生产能力。使得他在这一阶段的作战基本结束后，获得了一次让他本人都稍微感到有些意外的晋升，成为了海军中将。事前没有被赋予什么特殊要求的海军反而成为了这次海狮行动中没有付出太大代价的集体。

在大西洋上，德国的潜艇在1941年已经不能算是独树一帜，意大利和英国当时都已经拥有了自己的潜艇部队，但是德国潜艇战绩却仍然一枝独秀，除了出色的工艺设计和庞大的数量之外，战术定位的精准和运用方式的科学也是重要的原因。然而，无论如何，潜艇却也不能摆脱一个致命的问题，那就是它的作战区间太过片面，在进攻作战中能够达成的作用范围局限于水下水面袭击船只之外，无法像水面舰艇一样可以使用舰载炮火支援陆上进攻的部队，或者担任运载任务进行兵力派遣，在没有飞机和水面舰艇配合的情况下,潜艇本身对于敌情的侦察能力相对偏弱,如果单舰行动,遭遇敌方远距离炮火或者飞机快速抵近袭击时很难察觉。

由于邓尼茨一直以来顾及战术运用效果和作战便利性而反对建造超大型的长周期作战潜艇,德国主力潜艇部队的规格基本限定在排水量700吨以下的中小艇型上,正面作战的自保能力和火力输出能力比较贫弱。加上德国的水面舰艇从一战后一直是整体军事建设的最大短板,在欧洲范围内又受到身为海军强国的英国一直以来的压制,难以与发达的潜艇部队形成匹配。

为了避免让潜艇落入不利局面,邓尼茨在原本小集群共同攻击的狼群战术基础上设计了一套"幕墙战术",具体实施起来主要是将每群担任袭击任务的潜艇分配在敌方船队可能会行经的各条路线上,扩散成两个横断状伏击带,组成后幕的潜艇是突击者,取15到20海里间隔的密集队形,组成前幕的潜艇都担当着中近距离侦察者的职责,彼此横向间隔30到40海里,与部署在各地的侦察机等远程侦察单位配合。等到发现目标之后报告给总指挥部,由邓尼茨亲自根据发现敌人的位置和潜艇集群的部署情况制定伏击计划,位于敌船行进线路上的潜艇蹲守船队到来,可以迅速向组成圈带上某个节点靠近进入战斗位置,跟踪对手到天黑之后再发动进攻。这一方法大大提高了攻击的效率,也减少了潜艇潜出侦察为其自身所带来的危险。尽管在1940年末到1941年初的阶段因为风暴原因而导致气候状况不利海上活动,潜艇也依然给英军的海上运输线造成了不小的打击,客观上延长了英国在海狮计划后期的资源匮乏期,使之在之后的一段时间内无力在海上发动对德国的讨伐,以及利用舰队袭扰德国来牵制后者对苏联战争脚步的可能。

在二十世纪四十年代,苏联内部因为领导人威信问题展开了大清洗运

希特勒四大爪牙·邓尼茨

动,部队和政府内部许多的人员都受到株连,而被解除职务甚至以各种罪名除以刑罚和枪毙,加上苏联与德国瓜分波兰并攫取其他国家领土的行为。在以纳粹德国为主的西方一些国家的夸张宣传下,造成了国际社会对当时苏联及其领导人斯大林有着极深刻的不信任和戒备。特别是在苏芬战争中的失败,更是让希特勒和德国人发觉了苏军已经不复当年与毕苏斯基率领的波兰军队决胜华沙城下时的犀利强盛,空有一副庞大的身躯,却缺少能为之支撑起战略运作的骨干人物和作战经验。

在充分吸取了西线不列颠战役的教训之后,德国在希特勒的推动下,以陆军司令保卢斯将军为核心的高层拟定了开辟东线新战场、针对苏联的侵略计划。该计划最先名为"奥托计划",之后才更名为"巴巴罗萨"这个更加具有侵略性的名字,从波兰向东,苏联有着比法国更加广阔的战略纵深,但是同时,却也面临着比法国更加严峻的战术指挥与军队结构落后、兵员数量不足的问题,德国的长处——由装甲兵和战略战术空军武装起来的闪电战系统可以在东方广阔的土地上发挥最大的效能,同时,由于苏联在国际形象上的问题,德国深信在这种情况下如果对苏联发动进攻,后者也必将难以得到其他大国的支援。

苏联不仅有着地跨东西两半球的庞大领土,也有着伸向远东的出海口和近乎取之不竭的军事和工业资源,希特勒早在着手组建纳粹党的时期,就已经将目光瞄准了这片土地。一战的时候,沙俄就是德国在东线的老对手,根据施里芬计划,德军应当优先攻击位于西欧的法国与英国,对俄国所派出的武装力量采取拖延防御为主的战略,等到击败法国将之变为大后方之后再集结力量一同对抗具有兵员数量优势和广阔领土纵深的俄国,步步为营,以免因为拉出的战线过长又没有足够的兵员控制和经营被占领地区,导致俄国依仗充沛兵力分割包围,重蹈拿破仑当年悲惨的覆辙。但是,小毛奇在担任德军总指挥之后,却擅自修改了原本施里芬计划中对于兵力布置的重要原则。使东西两线的部队运用发生了一定程度的失衡,同时,也低估了法国和英国抵抗德军的决心与能力,即便东线的俄军最终因为国内政权更迭而退出战争。德国也没有继续作战的能力,只得投降,并签署了条件苛刻的《凡尔赛和约》。二战爆发后,在此之前受尽英法美等资本主义国家封锁挤兑、甚至资助白俄等国对这个新生社会主义政权的颠覆和侵略活动,苏联自然没有理由和英法德国任何一边站在一起,因此再次表示中立。但与此同时,却又借德国东扩势力的机会相继吞并了波罗的海三国和作为英法盟友的波兰半壁江山,削减了德国通过侵略战争所获得的战果,使希特勒和德国政界感到十分不满。但是又不能在受到英法全面封锁的情况下脱离俄国这个天然的资源仓库,也就为后来的侵略埋下了伏笔。

希特勒四大爪牙·邓尼茨

剑指东方

确认了西线战场获得进展的可能性不大后,1941年初,除驻法国的空军部队和海军之外,德国境内的空军与陆军精锐已经悄悄地重新集结起来。在党卫军情报机关的监管下,德军调动的秘密没有被任何媒体泄露出去。英国方面此刻正和德国的空袭部队打得热火朝天,无论媒体还是社会舆论都是人心惶惶,民间的注意力全部被德国人的袭击吸引了过去,对德军大后方的军队调动也无心理会。这也避免了苏联和英国对德军此时奇怪的动向产生疑心,他们此刻都不知道,在不久之后,这些士兵就会带着战火与残杀,驱使着钢铁战马再一次席卷东欧的土地。

作为海军总司令,雷德尔元帅参与了希特勒关于新一阶段战略计划的制订,邓尼茨的级别让他没能获得旁听的机会,只是对于希特勒组织新的作战计划略有耳闻,但是由于保密级别较高,具体的实施方略和对象雷德尔并没有向他透露。但是有一点毫无疑问,作为目前元首心目中地位最高的军种,陆军的元帅保卢斯既然已经被选为了作战计划的设计者,基本上就已经决定了海军在这场行动中将会再次变为核心阵容之外二线角色的命运。加上刚刚在准备以登陆英国为目的的"海狮行动"中遭遇了挫折之后仍然围绕陆军制订作战计划,可见接下来面对的对手将会是一个在陆地上的强大对手。

新的战争计划还在酝酿当中就已经被排斥在外了，尽管军种有别，但这对于任何渴望荣誉的军人来说都是一种令人难以甘心承受的对待。如果是在几年前仍然担任驱逐舰舰长的时候，邓尼茨听闻这件事情可能会忍不住在私人时间或日记里对上级的做法发些牢骚，不过现在，他却已经能够从更长远的角度去考虑这些问题了。执掌德国"潜艇界"数年时间，他的思维也逐渐具有了潜艇般的行动特色，冷静而深邃。在当时，正值1941年春季，对伦敦和英国其他城市和军用设施的攻击还远没有结束，但是这些轰炸却变得越来越像是在例行公事，而不是它最开始发动时所表现和预定的那样，是为一场将要发起的全面进攻清扫地面障碍的、有计划、有步骤的袭击。以他的眼光看来，空军、或者说赫尔曼·戈林的行动就像他的那些飞机一样，强盛、热烈、倏快、激情澎湃又自以为是，但就是缺乏理性，也没有主观的指导原则。第一天声势浩大的进攻行动看起来完全是一场在希特勒命令下炫耀武力的表演，分散在过于广泛区域内的目标、过于大胆的机队编配加上对于攻击效果过高的期望，兼之还没有将对手可能的反击力度纳入到思考范围以内，受到重挫根本不是一件奇怪的事情。而今，这场原本早就应该完成的战斗拖延到现在，又把严肃的战争行为变成了小孩斗气般对民间设施的轰炸，恐怕无论是希特勒还是空军都已经很清楚，登陆英伦的计划基本已经算是流产了。空军未能如愿建功，陆军的力量无法施展，海军原本于战局就没有决定性作用。德国没有理由继续将炸弹和汽油继续浪费在已经毫无指望的战场上面。既然向西已经到达了陆地的边缘，那么唯一能让优势陆军有所施展的地方，自然只能转向东方，而在德国控制之外可供攻略的地方，芬兰和苏联就成为了唯二的选择。

这种战略方向的转变从本质上来说也是一种可以理解的选择，但是邓尼茨对于此时德军战争重心的转移有一定的不满。英国当时的处境已经非

希特勒四大爪牙·邓尼茨

常糟糕,外有德军潜艇的不断袭扰,内有德国空军的轰炸,正常的生产生活
与国家武装力量运行状态的维持都日渐变得艰难,尽管这个过程十分缓
慢,且在1941年3月由原本持完全中立态度的美国正式签署了《租借法
案》,借自己中立国不能受到攻击的身份通过海上运输线为英国提供武器
和食品。但是在当时,德意日的《三国公约》已经签订生效,轴心集团在亚洲
及太平洋地区和西南欧洲的大西洋一带的海上占据着相当的主动地位,虽
然还没有与美国开战的意思,但是仍然可以压制美国对英国提供援助的力
度和成果。根据邓尼茨的见解,完全有把握使英国的国力在德国军力压制
下持续萎缩,如果能够坚持数年,同时保持和美国、苏联的良好关系,英国
即便不会如法国一样投降并入到德国的控制区域中来,也难保不会因为长
久围困和资源匮乏引发饥荒、瘟疫等灾难导致政治危机,迫使其政府软化
态度和德国签署由后者占据主动权的和平协定。如此一来,西欧才能真正
成为让德国能够暂时高枕无忧的大后方,为今后攻略更大的领土提供保
证,但眼下,对英国心不在焉的战斗所体现出来的不是希特勒要啃下这块
硬骨头的决心,而是对看起来似乎能更快取得战果的新战场的兴趣。

　　邓尼茨想的一点都没有错。偷袭法国所获得的成功对希特勒似乎成了
一贴持久的兴奋剂,在他的心里不断发酵着热量,逼降法国击退英国,已经
让当年德国在一战没有完成的狂想有一半成为了现实。但是对于野心膨胀
的希特勒来说,这些已经成为了过去,他自信凭借当前德国犀利而强大的
军事力量能在西欧以外再次占领一片天地,像古代伟大的征服者一样以所
谓的"日耳曼民族"的名义将所有被他视为"劣等人"的国家和民族从世界
上抹去或奴役,独享所有的资源。坐拥丰富矿产石油和广阔领土、以斯拉夫
民族为主要成员的社会主义国家苏联,自然成为了这种思想原则下最主要
的觊觎对象。然而,在1939年诺门坎战役中,作为轴心国盟友的日本被苏

联红军主守后攻并利用坦克等重武器大量杀伤敌方有生力量的战术击败，虽然苏军也付出了很大的代价，但是却让德国人对苏军固守防线和战争储备动员的强大潜力留下了深刻的印象。从这一点看来，尽管此时的苏联有经验的指挥员已经大量遭到撤换，战场运转的流畅度相对来说已经打了不小的折扣，但是如果要想一举击败这个家底丰厚的国家，就必须要做好快速歼灭对手，决不留给对方任何筑守拖延时机的准备。而另一方面，希特勒也希望将这种生产和动员能力收归己用，将整个苏联攻占之后作为德军的超级后勤基地。为此，德国统帅部做了精心的准备和安排，最精锐的陆军装甲部队和党卫军作战师团都被编入了进攻苏联的部队当中，并秘密开赴德控波兰境内等待来自元首的号令，准备对近在咫尺还一无所知的苏联发动雷霆一击。

另一方面，1941 年 5 月初，邓尼茨终于接到了来自雷德尔的命令，但内容却是要求潜艇部队继续保持在大西洋的袭击行动，同时注意加强对美国和其他国家船只的识别力度，避免发生误伤，并特别告知"不要减轻对英吉利海峡的监视"。这让他感到有些疑惑，一边是调配陆军人手，一边却是继续对英国进行几乎没有什么收获、还要冒着损失有经验的飞行员和昂贵的轰炸机危险的空中袭击，并继续维持海上封锁行动，难道希特勒找到了从其他方面偷渡海峡运送陆军进入英国内陆展开行动的方法？要知道，在当时，大型运输机还不能取代承运能力强大的海上货轮，来直接运输德国陆军赖以在战场上耀武扬威的战车进入战区。即便是纳粹政府当时已经拥有的最强大运输机——梅塞希密特 Me.323，也因为十分贵重，且数量有限而使得它们难以为一场需要由伞兵自己作为主力去开辟滩头阵地、也没有建立稳固补给线的空中投送提供太多的坦克和装甲车辆，空中运兵的主力伞兵也至多只能伴随着摩托车等轻装备开进。法国沦陷之后，英国就已经着

希特勒四大爪牙·邓尼茨

手沿着整个北海和英吉利、多佛尔两处海峡的海岸线上布置了严密的防御。在英国目前仍有两百多万陆军于本土可供支配、又有着数量众多水面舰艇可进行海上巡防的情况下，即便有空军掩护，以德国海军的能力能否与数量有限的伞兵里应外合抢滩成功建立稳固阵地也还是个未知数，这种孤军作战式的行动前景只怕绝对不容乐观。

感到兹事体大，且事关海军，邓尼茨亲自带着命令来到了司令埃里希·雷德尔的办公室。司令的助手引他进入房间，然后退了出去。邓尼茨听助手走远，来到雷德尔桌前神色凝重地放低声音说道："虽然冒昧，但是为了整个海军的存亡，我不得不向您询问一下，我们的军队究竟什么时候要进行登陆？"雷德尔听到这句话翻起眼睛看了看他，疑惑地反问道："这话是什么意思？""我的元帅，在空军至今没法突破海峡的情况下，我想今天接到的这条命令让我有理由觉得元首在寻找并且可能已经找到了一条'海上的阿登小道'。但是我觉得有必要提醒元首，在英国人山穷水尽之前，（登陆）进攻的代价恐怕会非常大，比开战以来海军的所有损失加起来还要重大。"邓尼茨沉声说道，盯着他面前的海军司令。雷德尔站了起来，双手搭在身前沉吟了一会儿，低下头，又抬起来看着他，表情有些奇怪地摇摇头，说："卡尔，我现在不能多说什么，不过你尽可以放心，你所担心的事情是不会发生的，现在你要做的就是执行命令，而我，也是一样。"

带着这个莫名其妙的答案，邓尼茨一头雾水地离开了司令办公室，尽管暂时得到了雷德尔的保证，不过他仍然对于希特勒这个爱玩"赌博"的元首的决定有些担忧。因此在回到部队之后，便通告麾下的潜艇和被暂时归于潜艇部队作为侦察梯队的第 40 航空队官兵加强对英军情况的监控，防止英国方面乘德国方面大意在海上采取突然的破坏行动，以避免对德国下一步可能采取的行动造成影响。

再次染血的东线

空袭仍在持续,航运仍在遭受打击,英国人也仍然在顽强地抵抗着。一切都显示着战争的走向并无变化,这种被精心设计的假象一直保持到6月22日的凌晨,德军的履带和车轮在铺天盖地的轰炸机与战斗机掩护下冲过了被暂时划定的边界,沿着波兰——(白俄罗斯)乌克兰一线如同倾斜的瓶中流淌出的水银一样渗入其中,快速撕开了苏军仓促组织的防线,军锋直逼乌克兰和白俄罗斯首都而去。

战争打响,人们才终于明白希特勒打的究竟是什么样的算盘,德国为了强化突袭效果,采取的保密措施竟然严密到了这种地步。连德军内部都不得而知的计划,苏联方面更是完全没有准备,虽然早就预料到垂涎远东西伯利亚丰饶资源的德国会对自己不利,但是也没有料到会在英德两国战事正值僵持当中的时候,掉头对刚刚签订完互不侵犯条约的"友邦"动手,猝不及防之下,一时间溃报频传。

当苏联国家主席斯大林在莫斯科接到了前线急电,确认纳粹进攻的时候。德军已经越过波兰,在苏联境内纵深推进超过一百公里,他立刻下令调动乌克兰和白俄罗斯的主力部队在德国行军路线上的各个城市和据点部署拦截,并组织后方部队依托各据点前出击破德国的进攻,力图以遏止德军攻势打乱其节奏的方式迫使德军减慢推进速度再做进一步打算,这也是

希特勒四大爪牙·邓尼茨

根据苏日诺门坎战争当中的经验所制订的防御计划。然而,这却正中了希特勒的下怀,根据他拟定的计划,要求德军优先从苏联最重要的粮食供应区——乌克兰着手,采取急攻的手段进入其中建立存在,然后稳扎稳打地利用战略机动和火力优势"小步快跑"地吸引并尽可能歼灭苏军有生力量,达到最终将整个莫斯科以西的区域作为绞杀苏军主力的主战场。并稳步废除该区域内所有抵抗力量的目标,继而就可以向失去兵力保护的苏联后方腹地轻松开进。

苏联领导人在第一时间做出的决定中,明显错误估计了德军为这次堪称是历史性的进攻所做的准备。战前,德国在长达近 4 个月的时间里秘密向毗邻白俄罗斯和乌克兰的波兰沦陷区运送了超过 320 万人的陆军部队,分别组成了北方集团军群、中央集团军群、南方集团军群三大集群。其中绝大部分单位都是经历了波兰和法国战役富有作战经验的兵团,作为特殊成员的党卫军第一装甲师,更是作战意志极度坚强手段又残忍决绝的王牌部队。而在高层与中层的指挥员,则分别有曾经指挥之前东西两场大战的龙德施泰特和德国装甲战术大师古德里安等一批名将亲自担纲带队,可谓阵容空前。

三支集团军分别从白俄罗斯和乌克兰两条战线发动进攻,在空军先期提供的火力压制下急攻苏联西方面军所在地。经过充分的早期空中侦查,德国方面已经十分准确地了解到了苏军前线机场的布置情况,吸取了进攻英国选择目标过于分散不切实际的教训之后,德国空军缩小了攻击范围,集中弹药袭击了苏联红军西方面军防区下属的总计 26 个前线机场,使其中绝大部分在战斗打响的时候就失去了作战能力和通讯能力,数百架战机在毫无预警的情况下直接在地面被炸毁。如此一来,就为德军的制空权提供了保证,装甲部队没有了对敌方空袭的顾忌,在地面的机动能力全面施

展开来。中央集团军50多个师的兵力由指挥官费多尔·冯·博克率领进入邻近白俄罗斯一侧的苏占波兰，然后兵分两路，全速绕过苏军多个集群所在的比亚韦斯托克突出部地带分别向其南侧和北侧进行包抄，在后方支援苏军还不知情的情况下布置钳状口袋阵，等待苏军西方面军主力进入其中之后再行合围。古德里安的装甲部队则直接从北侧绕过苏联布设于苏波交界地带要道上的布列斯特巨型要塞，继续向苏联白俄罗斯境内突入，直取白俄罗斯首都明斯克。同时，为了避免浪费时间，德国总参谋部命令由该集团军群下属第四十五步兵师依仗兵力优势，包围并利用空中打击和重炮轰炸要塞，压制其兵力和火力辐射能力，使之无法对德军的其余部队造成威胁。

战争开始仅仅一天的时间，苏军西方面军已经全线告急。在法国和波兰所曾经发生的一切，似乎即将在苏联的土地上重现。

就在东线陆地战场开始了新一轮战事、苏德双方枪炮横飞的同时，邓尼茨却在海军作战指挥室旁边的休息室里，对着一张世界地图沉默不语。世界的广大，是他在成为水兵的第一天就已经知道的事情了，但是当这场战争的触手从欧洲的最西端一直伸到了欧洲的最东端，所牵扯和覆盖的各国势力范围仍然让他感到了轻微的目眩。这是一个庞大到了什么程度的范围，所包含的民族，文化，社会内容之众多，使人不由得产生这样一种担心，即便德国能够凭借军事力量占领这一切，但它又将以什么力量来将这些复杂多端的事物完整地囊括在自己的控制之下呢？而且，面对这复杂而庞大的势力，德国又应当要怎样才能完成击败并臣服他们的事业呢？

在内心的态度中，邓尼茨自问对元首希特勒和纳粹主义的忠诚从未改变过。但是自从"海狮计划"开始之后，从个人感情的角度上，希特勒做事过于主观的性格特点使邓尼茨开始对他的一些做法产生了意见。自从在法国

希特勒四大爪牙·邓尼茨

战场上奇迹般的胜利一举改变了德国的处境,希特勒一直以来保持的谋定后动和谨慎隐忍被膨胀的自信和自诩所淹没,变得越来越喜欢将希望和依赖倾注于那些他所乐见的人和事情上,而不是根据可能产生的后果来精确地权衡利弊,以此来选择前进的道路。这不是一位身担重任的元首和战略思想家应当做出的事情,而更像是一个偶然间小人得志、就开始穷奢极欲地挥霍资本的战争暴发户。诚然,德国通过前期的战争夺得了许多的资源与土地,但是法国这道门槛跨越的速度实在是太快,过程也实在是太过轻易了,一些盲目的行为也因此而出现,对英国虎头蛇尾的进攻计划就是一个十分典型的例子。原本一鼓作气夺取制空权的轰炸行动因为希特勒钦点指挥者的决策失误变成了如同英伦三岛雨季一样又臭又长的炸弹展示表演,与海军的配合登陆也最终成了泡影。这次突然把矛头指向苏联,毫无疑问是希望依靠有着成功打垮法国经验的精锐陆军,从东方取得没能在西欧取得的战果。

苏联的海军建设承袭自沙俄时代,虽然在后期吸取了西方的海军发展元素与理念,但是其活动范围却一直维持在远东太平洋地区,和德国潜艇的巡航范围几乎没有交集。受德国进攻的影响,苏联的主要精力将会被牵制在生产陆用军事和民用工具进行积极御敌,不会有闲暇的时间顾及海上主动权的争夺,这无疑减轻了以邓尼茨麾下潜艇部队为主的德国海军部队的压力。不过相对地,一直以来也没有在太平洋海域建立起稳固存在,德国潜艇也难以防范苏联从海路上接受外部援助甚至援兵的可能。美国之前就已经凭借《租借法案》向狼狈不堪的英国提供大量武器和粮食,显然他们在立场上更加支持英国一方,根据这种倾向,苏联也无疑很有可能会成为美国提供援助的下一个目标,尽管美国和德国目前还没有彼此正式宣战,但是根据美国的反应,它显然是不愿意让德国的军事计划进行得太过顺利而将势力进一步扩大,威胁到美国将来或者现在的利益和安全,才以这种方式来牵制拖延德国人的脚步。按照希特勒的脾气,对美国宣战恐怕迟早都会发生,但在现在东西同时临敌的情况下招惹来第三个强大的对手,德国还是否能够从容地应付,就只能说是一个未知数了。由此看来,眼下唯一能做的就是从海路加紧封锁英国,并祈祷德军可以尽快击败苏联,否则,以苏联这个国家的战争潜力和防御纵深面积,仅部署于东线和国内的战机是难以完全覆盖所有出动任务的,西线对英国的空中压制和监控难免会大大削弱甚至完全停止,英国一旦缓过气来,必然会和苏联同仇敌忾,到时候,德国恐怕就要遭遇腹背受敌的情况了。

他是这样想的,也是这样做的。潜艇的生产在海军的监督和要求下一直没有松懈,新式的鱼雷和 VII 型潜艇也逐步下线,邓尼茨要求部队加紧演练熟悉这些新型武器,确保能在尽量短的时间内发挥作用。另一方面,他也督促海上巡逻机和潜艇、补给船只之间的进一步紧密配合,尽管目前英国的国力受损严重,没有办法对德国发动主动袭击,但是舰队的规模仍在,而更让邓尼茨和雷德尔等人感到担忧的是,英国即便在遭到德国轰炸的时期,大型造船厂的舰船制造工作仍然马不停蹄地进行着。这可能意味着英国社会已经完全转入了一种更适用于战争的运转状态当中,战争潜力得到更大的释放,在摆脱了德国空军轰炸的牵制和骚扰之后,英国舰队恢复的速度恐怕将会非常迅速,何况英国自己也拥有潜艇部队。为了避免德国之前花了不小代价获得的海上优势,必须要用更加有效的打击手段作为抵消对手军力规模增长的应对方法才行。

希特勒四大爪牙·邓尼茨

反法西斯同盟浮出水面

　　在德国海军虎视眈眈的同时，英国方面也正在积极推进着他们的计划，不过不是复仇，而是设法活下去。

　　英国之所以能够在工业革命之后持久地占据着世界第一超级大国的地位，除了它拥有庞大到遍布全球的海上武装力量和商贸线路外，也因为支撑着"日不落帝国"存在的众多殖民地。在通讯和交通已经颇为发达的二十世纪初，商贸往来已经成为了滋养世界各国国力增长的重要"造血机器"。在世界各地的产品物资互通往来，贱买贵卖，这种全国范围的商业活动使得资源与技术得以充分流通，惠及各个参与其中的国家，但如此一来，国际经济上如果出现了某种消耗量很大的重要物资供给情况波动，连带产生的效应就可能会影响到多个国家的经济运行状况。为了让自己能在这种风波中独善其身，在自由贸易之外，英国通过各种手段尽可能多地占据殖民地，以其资源和劳动力来为自己制造更多财富的同时，也使用强制态度控制其境内的资源流通情况来实现区域和世界性的价格调控，使之成为保障英国本身经济始终平稳正常发展的工具。

　　但是从十九世纪末进入二十世纪以来，包括德国在内的一批新兴帝国主义国家在内的强权纷纷崛起，对英国的国际地位和经济稳定造成了威胁，这使得英国在贸易独霸和势力均衡两大固有政策之间产生了一定的摇

摆性。自从一战之后英国的经济受到国际金融走势影响,开始变得更加虚弱,对殖民地和欧洲局势的控制力度也进一步下降。许多比较务实的上层人士已经察觉到,英国在国际地位和综合国力上的下行趋势已经无可避免,因此开始倾向于在周边寻找价值观和社会特色比较相近的国家作为盟友,放弃昔日世界一级的身价,为英国未来的发展寻找一条合适而平稳可靠的道路,丘吉尔无疑就是其中最具有头脑的一位。

在二战爆发之前,英国统治集团眼中最大的潜在威胁者主要有三个,一是由社会主义者所建成、继承了原沙皇俄国庞大领土与资源的苏联,二就是和前者有着相近的崛起和发展速度、同样有着丰富资源却拥有更多人才和综合发展潜力的美利坚合众国,第三才是在欧洲一隅蠢蠢欲动的德国。

前两者与后者根本的不同在于它们和英国各有不可调和的矛盾,在当时,苏联政权是由推崇共产主义思想的人士所执掌,社会阶级的划分、意识形态的性质和作为拥有帝制的资本主义国家的英国有着近乎针锋相对的相悖之处。同时,苏联也继承了沙皇俄国对领土的野心,加上它在建立仅仅几年的时间里就拥有了与资深工业强国的德国并列世界第二的工业生产能力,这一切都让英国对其无法轻视;而美国被英国视为潜在威胁的原因则更加复杂,美国原本是英国的北美殖民地,其移民主要是同属英国出身的凯尔特或盎格鲁萨克逊民族,但是因为作为宗主国的英国在贸易问题上不断的剥削和压榨,招致了当地人的不满,当地军队与英军爆发了一场旨在争取建国自立的战争,被称为"独立战争"。最终,在法国等国的帮助下,美国人取得了胜利。并且通过各种手段攫夺了周边原本属于其他国家的土地来为自己扩充势力,由此获取了大量的资源和发展空间。同时,由于美国推行较为开明的社会政策,使众多在欧洲无法获得理想生活的人来到美国

希特勒四大爪牙·邓尼茨

寻找机会,由此吸引了大量的劳动力和各行业人才,到了二十世纪初年,美国已经成为了世界上生产能力和富裕水平居冠的国家,1907年的大白舰队全球航行更是震动了世界列强,让英国这个原"宗主国"和当下仍拥有着世界第一海上力量的军事强权产生了深远的危机感。而在彼时,陆军和海军规模连法国都有所不如的德国还不能算是很强大的威胁,这是当时英国政界许多人的想法,加上纳粹人种论思想与英国早期对于人种优劣的侮辱性论调有所暗合,在某种程度上赢得了更多人的认可,更何况,同弱制强一直以来就是英国均势政策的主要原则,这些因素都是英国人对与这两个国家交往有着很大的心理芥蒂。

然而,老谋深算的丘吉尔却并没有跟风应声地附和这种说法,他在保持着对苏联和美国的警惕同时,也同等地设想了与这两个新兴强权之间联合的可能。在德国逼降法国、对英国发动封锁和轰炸的时候,与美国总统罗斯福关系良好的丘吉尔放下一切顾虑,向罗斯福提出了援助的请求,并成功说动了后者出台政策帮助英国。而现在,嚣张狂妄的德国在没有从英国人手里得到他想要的东西之后,又开始了对苏联发动进攻,使得丘吉尔产生了一个很大胆的想法——和苏联结盟!

敌人的敌人就是朋友,这句话可谓是至理名言。事实上,丘吉尔会产生这样的想法也并不是偶然的。早在一战的时候,德国与奥匈帝国结盟挑战英法俄三大国,三者就曾经有过结成短暂同盟协力对抗德国的经历。到了现在,时事变化,德国又一次将英国和以俄罗斯为主体的苏联推到了自己的对立面。尽管相对来说英国所面临的威胁和伤害已经在德国将绝大部分注意力指向苏联之后大大减轻,但是丘吉尔很清楚,在这个时候如果袖手旁观的话,一旦苏联被迫投降或者被攻破防御彻底亡国,届时东西欧的绝大部分都将落入纳粹的手中。覆巢之下,英国这颗苟延残喘的存卵自然也不可能抵挡得住挟整个欧洲力量再次扑来的纳粹铁蹄的侵略。

　　深谙均势所能带来的好处,在丘吉尔的推动下,英国和美国加强了交流,并向驻苏联的英国大使馆派遣了代表,联系和德国处于苦战当中的苏联政府。所有的行动都是明暗两条线路共同进行的,这主要是为了在让德国及其盟友感到压力而在作战行动上有所顾忌,同时又避免了还没有参加战争的美国直接走上德国的对立面,使之留下一点犹豫和放手的考量余地。但是丘吉尔没有想到的是,作为纳粹德国的最终决策人物,希特勒的性格在不列颠战役未能取得成功的情况下已经发生了重大的转变,刚愎自大和猜疑忧虑等同比例地在他的内心里滋长,根据明里暗里的各种渠道得到的消息,都在向他展示着同一件事情:英国即将和美国完成结盟,共同对德国进行打压和钳制,后方的英国在驻法德军的严密监视和封锁之下,难以有太大的作为,但是如果凭借美国的力量和中立国的身份向英国甚至苏联提供武器和辎重补给,德国在东西两方的战线上损失必将随之大幅提高。由于当时德国和意大利盘踞西欧,盟友日本暂时也只将目光放在东亚地区,与财雄势大的美国完全没有发生过正面冲突,因此双方一直处于和平状态,然而一旦美国直接介入到英德和苏德战事当中,台面下的冲突必将激化,有就此开战的可能。有鉴于此,希特勒在一定程度上改变了对苏联战场的态度,但这种改变的内容不是改变计划放松紧逼,将精力用在稳固目前已经占有的苏联土地上,而是更加坚定了抢在美国参战之前击败苏联占领整个东欧的计划。

　　人对自己的愿望与事业有坚持到底的信念是一件好事,但是这种坚持到达了超出理性范围的地步,就会成为偏执。作为纳粹党的领袖和精神引导者,希特勒对于自己的想法一贯奉行不悖,但这种想法却最终成为了推动美国彻底倒向反法西斯阵营一方的最大动力之一。丘吉尔的眼光非常准

希特勒四大爪牙·邓尼茨

确。在当时,美国作为这场战争最大的不确定因素,并不只是因为其拥有强大的海上和陆地武装力量,而是因为它有着可以同时支持多个国家战争需求的、更加强大的生产能力和资源储备,这一点也是德国急于从苏联获取的。只有拥有了这种充沛的资源和由完整工业体系提供的后勤供应能力,才能将大到飞机、大炮、坦克、军舰,小至摩托、机枪、弹药、军装、粮食、药品等各种战争消耗品在所需要的时候及时交付前线。攻占苏联,再加上德国本土与法国、奥地利、东欧沦陷区的资源、军事生产能力与劳动力,才能拥有与英美以及属于英联邦系统的澳大利亚、新西兰以及加拿大等国同时抗衡的能力。

8月14日,英国与美国在纽芬兰签订了《大西洋宪章》,除了确认进一步对英国进行必要性援助改善国力之外,也拟定了和其他国家联合对抗发动侵略的法西斯国家的行动方针。该项合约的签订不仅是美英两国的行为,也是对在7月3日斯大林对全世界发表的以对抗德国法西斯侵略、帮助解放其他沦陷国家苦难的卫国战争演说的一种积极回应。最初的默契被建立了起来,在三方的共同推动下,当年9月,十余个受难于德国的侵略行动或面临法西斯带来的重大威胁的欧洲国家代表齐聚英国首都伦敦,举行了认同《大西洋宪章》价值观的同盟国家会议,由此缔结了最初的反法西斯同盟集团。

不祥的预兆

　　历史的车轮已经不可逆转地朝着拨乱反正的方向开进,这次同盟会议的消息很快就登上了报纸,为了潜艇袭击活动而一直居住在自己司令部的邓尼茨是在吃早饭时见到这则新闻的。他将咖啡杯本来已经提嘴边,却又停住,继而放了下来。身旁的副官看到他神情渐渐严肃起来,凑近一步,低声问:"阁下?"邓尼茨折起手里的报纸,用餐巾抹了一下下颌,眼睛看向前方,声音平静,脸色却十分凝重地说道:"克劳斯,我想,我们这次有事儿干了。"

　　陆军与空军在东欧与苏联红军交战,眼下摆在德国海军面前的虽然是一个看似相对平静而轻松的局面,但是危机实际上已经在悄悄酝酿了。

　　近几个月,英国海上巡逻机的出动率悄然上升,根据从德军侦查机构与海上遭遇过这些敌机的舰船潜艇的汇报来看,它们都搭载了如机载俯视雷达一类的新型观测设备。

　　尽管德国也已经在飞机上大量装备雷达设施,但是在对抗潜艇的技术水平上始终是英国人略胜一筹。而且英国因为更多地使用水面舰艇,航速更快,和巡逻机搭配的机动性更强。

　　在最近,这种情况变得愈发令德国方面感到警惕,英国在得到美国的物资保障之后,海上巡逻的飞机和舰队规模重新得到扩充,作战形式也从

希特勒四大爪牙·邓尼茨

积极规避和防御开始逐渐转向有限的主动组织出击寻猎德国潜艇,不过由于这种作战仍然以白昼阶段为主,对于白天基本处于隐蔽潜航状态的德国潜艇能够形成的威胁暂时还比较有限。

随着德国前期对英国压制所造成的水上力量规模衰弱期全面结束,航母等特种船只开始大量出现,海空同步围剿潜艇的能力也随之变得越来越强大。英国海军的飞行反潜机队的出现,改变了以往空中单位对德国潜艇能看不能打的局面,带有探测设备的飞机和带有反潜炸弹的战机搭配巡航,使德军潜艇再以集结队伍浮上水面用甲板防空火力攒射巡逻机的行为,开始变得危险重重。

如果说,最初德国潜艇可以利用英国水面搜索工具的性能平庸和自身数量的优势以单兵种对抗英国的体系海军,那么现在德国海军就不得不开始面对自己缺乏有搭载水上飞行力量配合作战的船只的不足了,在英国可以快速飞行、活动半径达几百英里的舰载机面前,德国几乎没有有效的对抗手段。

事实上,英国在二战后期正是凭借这种出色的、能兼顾对敌舰队、潜艇、海上航空兵甚至敌方陆上一定距离纵深范围内的地面目标发动攻击的兵器组合成功压制了德国猖獗的海上潜艇活动。

整个二战过程中,英国建造和改装形成的重型主战航母数量仅次于本土远离战区的美国,达到了足以封锁德占法国绝大多数海岸的足足40艘之多。这种战争工具也极大地影响到了二战后世界海军发展的趋势。反观德国,尽管海军在雷德尔司令的"Z"计划推动下,水面大型舰只的数量已经得到了一定的扩充。但仍然没有发展航母,其中一部分原因是缺乏与之能组成编队的护航船只,在战场上存活能力较低。另一方面原因则是限于德国各兵种在隶属问题上的矛盾,因为当时空军在赫尔曼·戈林的掌管之下,他对于为海军部署飞机的行为一直有很深的成见，对德军建造航母持反对和阻挠的态度。

　　按照戈林的想法，航空兵应当是空军独占的，让海军拥有独立于空军以外的战机部队"不仅是对空军这个群体荣誉的挑战，也将是德国军事管理混乱的开始"。这种缺乏远见的想法和他的地位结合起来，对希特勒影响颇大，让德国建设航母的进程发展得十分缓慢，中小型潜艇仍然是德国海上力量的绝对主力。

　　又一次进入了冬天，海上天气的恶化也在一定程度上为英德两国的海上战斗降了温，因为气象因素，英国巡逻机减少了出勤率，但德军为了配合主要在水下活动，对隐蔽有较高要求的潜艇，海上飞行侦察活动的出动频率反而有所提高了，因为对于水面以下较深区域活动的潜艇来说，受到风浪的影响远比水面舰艇要小得多，便于保持活动。但是攻击作战仍然由此带来了很大不便，因此在冬天的活动基本只能满足于在大洋里重新控制一些位置，以便在气候转好的情况下能掌握战场的主动权。

　　由于德国潜艇长期在大西洋海域活动并袭击商船，英国方面实行了一套反制机制，其中一环就是利用护航飞机和舰队实施电波干扰，破坏敌方各单位间的联络通讯，迟滞并扰乱其发动攻击的过程。而德国为了规避这种干扰，开发出了高频无线电发射器，在恶劣气候环境下，在海上活动的巡逻机和潜艇之间也正是利用这种手段实现稳固的通讯的。

　　然而，有利必有弊，英国人逐渐发现了这种电波和德国潜艇之间的关系，在护航舰队和商船上安置的无线电监测人员专门寻找此种频率的电波，通过收波清晰度来判断船队与潜艇舰队之间的距离，配合潜艇探索器，成功地避开了多次德国潜艇的袭击，甚至还成功地利用截获的电报与电波发射情况伏击了一支水下的"狼群"，分别击沉击伤两艘潜艇。迫使邓尼茨下令修改密码机,增加了一重加密级别,并需要更加频繁地与各潜艇搜猎队伍的首脑进行商讨和情况确认,以增强综合部署下各个支队潜伏位置的准确性来减少潜艇通讯的次数。

这些程序的增加无疑是邓尼茨和潜艇部队的官兵,都感受到了来自英国越来越强压力的直接表现。但是没过多久,这种艰难的对抗就迎来了一个新的时期,只是,这段新时期的到来,背后所代表的却是纳粹德国野心末日的邻近。

第八章

四面楚歌的纳粹狼群

来自美国的宣战

　　1941 年 12 月，日本偷袭了珍珠港，美国愤然对日本宣战，德国作为盟国，根据协议也对美国宣战。由此，太平洋海域也变为了德国潜艇的活动区域。

　　德国人对于计划的布置能力和远见再次充分展现了出来，早在开战之前就已经拟好的对美海上袭击行动于宣战之后迅速展开。邓尼茨监督了计划的修改和实施，并命名为"击鼓计划"，在 12 月 13 日，早已潜伏在大西洋美国一侧的德军潜艇群接到了预先暗号命令，快速机动至美国东海岸，对行经此处的美国舰队和商船发动袭击。

　　一直以来，由于美国远离潜艇作战的主战场欧洲海域，对于反潜技术和反潜部队的准备力度近乎一片空白，更难以想象居然在近岸地带也能遭到德国人的袭击，一时间舆论和海军界尽皆哗然。一时间，这片海域警报频传，行驶于其上的无论民船还是军方船只人人自危。

　　德国人尽可能地抢占先机，主要是为了在一开战就对美国的士气造成打击，使美国海军忌惮，以便将这片战场的主动权始终控制在自己的手里。隐蔽的潜艇的抵近布置几乎封锁了美国东海岸区域所有的重要军港，这样的开局，对于刚刚遭受了珍珠港之殇的美国海军来说，自然不是一件好事。德国恰于此时宣布，重新开始无限制潜艇战，先声夺人地将美国高调参战

希特勒四大爪牙·邓尼茨

的气势压下了一头。同时，因为在对战争强度和需求一窍不通的罗斯福总统心血来潮的热情"建议"下，美国早期生产的两款反潜护卫舰上的对潜武装薄弱得可怜，有限的几枚深水炸弹完成一次攻击可能需要经过 1 至 2 次再装填，加上贫弱的携带能力，其持续作战能力非常糟糕，经常是刚刚出港几天就要返回港口补给弹药。而在 1940 年和 1941 年，一艘德国潜艇如果出海后，一个半星期就打光了鱼雷都是非常奇怪的事情，可见双方对于战争准备的差距有多大。

尽管如此，由于分布区域和作战频率的骤然扩大，围绕大西洋上多国舰队与商船进行的海战，使原本针对英国的潜艇"狼群"编制开始显得有些捉襟见肘了，为此，邓尼茨改变了原有的思路，将用于伏击的潜艇集群化整为零，采取 4-6 艘为一组的小组编队形式。在这些小组中，每一组都被有意识地编入一些新型号潜艇和新吸收入伍的船员，便于这些新生力量积累经验，在短时间内使之形成成熟的战斗力。这些潜艇队伍被分别编制在美国和加拿大的外海甚至南美和加勒比海海域，以周期性轮换方式进行巡曳，伺机攻击所有行经该地区的敌国船只。在 1942 年上半年，因为美国相当一部分军事力量被日本牵制在太平洋地区，大西洋战区的准备相对滞后，德国潜艇的偷袭行动屡屡得手，在春夏两季以内，美国损失的商船和运输舰数量直追英国在前一年的损失量。因为行动十分轻松，被德国海军称为"第二次快乐时光"。

面对德国的行为，美加等国自然不会坐视不理，借鉴英国的经验，美国也加大力度开始派遣舰队进行运输护航，并将商船进行不同程度的改造，一部分在原商船的基础上加装反潜防空的设施，一部分则被军方直接收购进行深度改装，制作成携带重炮可进行中轻烈度海战的护卫舰，甚至改造为在顶层铺放直通甲板搭载战斗机的护航航母。其中后者成为了美国反潜作战当中一张物美价廉的王牌,因为商船的建造规格没有普通的军舰那么高,但船体截面积往往很大,只需要添加简单的装甲和上层建筑改造就能作为飞机起降平台使用,有了具有较大作战半径的飞机,防御力脆弱的改造航母可以大大减少直接进入潜艇攻击射程的风险。其作战过程通常是由飞机先行在空中进行侦查,发现了敌方潜艇部队后便进行通告邀请后方船队中的反潜舰前来清剿驱离,或直接利用机载水雷和深弹进行攻击。这种先发制人的反潜战术,加上美国超强的工业生产能力,技术含量不高又价格低廉的护航航母曾经创下一个月建造 50 多艘的惊人纪录。如此一来,德国的潜艇就不得不以更加小心的方式对抗美国的运输队伍和舰队。到了 1942 年 8 月,双方已经由最初朝德国一边倒的态势变为了美国略占上风、彼此互有胜败的局面。

除此之外,美国还在沿海地区部署了大量的海空军基地,岸基航空兵配合巡防舰队不时对近岸海域进行搜查,并在一些重要的水上交通线上布设雷区,以这种手段压缩和绞杀潜艇的活动空间,杜绝了德军潜艇在近岸地带的活动。而更让德军感到心惊的是,美国正在以和扩充水面军力等同的速度在批量制造航程与动力更为出色的新型潜艇,虽然在航行和操控性能上比之潜艇运用历史悠久且工艺精湛的德国潜艇略有不如,但是充足的动力和以"美国速度"达成的生产数量,搭配其水面力量和航母提供的飞行反潜力量,只怕用不了多久,大西洋西岸向东的水域内就会形成一道纵贯天空水面和水下的绵密的防御高墙,将德国的势力从这片区域强行挤压出去。为此,与部下们进行了商议之后,邓尼茨决定加大这片海域内的潜艇的数量,将眼下进行得越来越困难的全面封锁英国、重点袭扰美国的战略,修改为放弃攻击岸基航空兵和近岸巡防舰队能够顾及的固定区域,集中巡袭位于大洋当中深水区域的主要交通线。并且,为了让潜艇暴露的危险减到

希特勒四大爪牙·邓尼茨

最小，他还下放了一部分决定权给每支潜艇组的基层指挥官，利用已经多次更新换代后，精度大大提升的潜艇声纳系统代替需要远程高频电波来联络巡逻机，侦查敌舰，以此来最大限度地发挥潜艇隐蔽的优势。另一方面，目前法西斯势力占据着挪威至意大利一线的大西洋沿岸，对美国通向英国的大西洋航路和通向苏联的北方航路都能形成扼守之势，在欧洲地区的潜艇与侦察机活动因此也更加灵活主动。对于美国急于输送给两个盟友的物资运输船队仍然保持着不小的威胁。尽管如此，但在缺乏航母的情况下，实现进攻作战也显得困难重重。但是，包括偷袭在内的防御手段施行起来，还是毫无问题的。邓尼茨坚信，只要尽力卡住美国提供的物资，保证英国和苏联持续处于"贫血"或"失血"状态，在东线战场仍处于主动地位、被元首给予厚望的德国陆军，就可以更从容地完成歼灭苏军的任务。只要支撑到陆军征服整个苏联，余下的事情就好办了。在他的部署下，整个大西洋西侧的德国潜艇尽皆严阵以待，准备迎击来自对手的军事行动。

陷入舛境的侵略者

　　邓尼茨是这样设想的,但是这一次,希特勒的好运在斯大林格勒战役戛然而止。此前一直高歌猛进的德军在这座战略要地遭遇了有史以来遇到过最顽强的抵抗,身后就是国家首都的紧迫感,激励着苏联红军的战士们奋勇抗敌。无论是炮火与飞机的轰炸还是敌人扫射而来的枪弹,甚至迎面碾压而来的坦克都不能阻止人们反击的意愿。一百多万红军爆发出了人类在家国民族危亡之时所能激发的最强大战斗力。德军多次冲锋都未能取得这座城市的控制权。其时,已经到了 1942 年深冬,位于远东北方的苏联境内寒冷无比,连绵的大雪更是让德军赖以冲锋歼敌的装甲车辆乃至枪械变得频频失灵,人员也大量因为寒冷和疾病而发生非战斗减员。大雪封路,给药品和必要的给养运抵前线带来很大麻烦。双方只得暂时停战,但是德军需要从后方的沦陷区运输物资和兵员来维持占领,苏军却能就近得到被服、医药和食品,后续派来的部队直接担任了运输辎重的任务,既及时补充了兵员,也免去了专门为物资派遣押运部队的累赘。到了次年一月,双方都补充了有生力量,并囤积了可供持续作战使用的弹药食品,于是再次展开了激战。

　　与此同时,德国海军部却是另一番光景,寒冬未艾,军港寨素,司令部大楼的小礼堂中, 正在举行对新任海军司令——卡尔·邓尼茨上将的就职

希特勒四大爪牙·邓尼茨

庆祝酒会。与希特勒因巴伦支海战而发生口角的埃里希·雷德尔主动辞职。在酒会上,他将象征司令职务的办公室钥匙交给了邓尼茨,两人最后一次握手,场面尴尬,充满哀伤。埃里希·雷德尔有些衰老痕迹的刚毅面孔上流露出了一点落寞与低沉,声调平静地说道:"衷心祝贺,不过,虽然辞职了以后对你说这种话听起来有点自大,但是无论到什么时候请别忘记,这是一份绝不轻松的责任。在遭遇坎坷的时候想想这些, 也许可以让你好受一点。"邓尼茨神色庄重地点了点头,两眼凝视着这位退休的老帅,轻声说:"瓦尔哈拉作证,帝国海军的官兵和我都会记住您这些年为这支部队所做的一切,我们的荣耀始终同在。"雷德尔摇了摇头,端起桌上的一杯红酒,却没喝,只是深深吸了一口溢出的酒香,意味深长地说道:"不,卡尔。不再是我们了,只有你。"

由于战线稳固了一整个冬天,在得到了充足兵力和弹药补充后,进驻斯大林格勒的苏军开始逐渐显现出主场作战的优势,军官们对冬季过后各支部队的残部和后补充进来的兵团,进行了重新整编。以后补充进来的有生力量担当前锋,由新兵老兵混编的部队作为中坚。在后方火箭炮等武器支援下连续冲击德军阵地。终于使因为一冬天没有取得进展而士气低落的德军渐渐承受不住,开始退却。

为了鼓舞士气,希特勒派特使空运了一支元帅节杖,交给负责指挥苏德战场上第六集团军群的司令保卢斯,希望他能坚守在已经占领的地域并击退敌人。但是德军由于控制地域而拉长了战线,部队被分摊得十分薄弱,被苏军觑准机会,一番猛攻之下被撕开几处破口。德军就此失去了后路,除了一批最后利用飞机运走的伤员外,其余士兵几乎是全部被包围在了斯大林格勒战区中。希特勒拒绝一切投降的建议,命令所有被围部队原地战斗到最后一刻。在苏军强大的火力和近乎无穷无尽的攻势冲击下,疲惫不已

又弹尽粮绝的德军据点逐一被苏军拔除。保卢斯的指挥部在苏军的包围圈之中,无法调动其他部队前来救援。只能在指挥部向柏林发出最后一封战情电报后,率部投降。1 月 30 日,在保卢斯等人的命令下,德军位于斯大林格勒的残兵绝大多数投降苏军,据统计有 9 万多名官兵和 20 多位将军。斯大林格勒之围就此解除,苏联境内的其他德军部队也因为原定的作战计划被打乱而转攻为守。虽然德军优秀战略指挥家曼施坦因在斯大林格勒战役结束后不久,取得了哈尔科夫反击战的胜利,为东线的德军各部赋予了新的作战方向,一定程度上牵制了苏军部队,使处于混乱状态的南方集团军群得以稳住阵脚。但是此时苏军已经做好了大举反攻的准备,心有余而力不足的曼施坦因,面对人员和战车有限的部队,只能放弃扩大战果的打算。苏军依仗人数优势,对准防御脆弱的德军穷追猛打,使德国人最终除了占领哈尔科夫和别尔哥罗德之外,再无容身之地。苏军虽然在此役中损失了多达 52 个师的兵力,但是整体形势上,德军兵力衰弱的缺点表现得愈加明显。苏联全面反攻已经势不可免。

东线的战略形势急转直下,让希特勒一时有些茫然无措,因为他的内心此时已经完全被失望和愤怒所占据。在他看来,德国陆军可以像横扫法国部队一样毫不费力地清除掉所有挡在他们面前的苏联人。让这支除了人数众多之外,在战术思想上,几乎一无是处的臃肿军队,在德国觊觎已久的那片资源丰饶的土地上消失。但最终,这些石油与矿产不但没有能吃到嘴里,反而还被挡在外面的红军狠狠硌了他的牙。攻占苏联的失败不仅让德国失去了彻底占领欧洲的机会,反而招来了一个仇深恨极的难缠对手。

顺应东线苏军全力反攻,美国加大了对苏联的援助,加快了向英国以及非洲战场派兵的速度,迫使德国不得不在包括北非、东欧等各条战线上同时与盟军展开战斗。更让德国无奈的是,在如此多的捉肩见肘的情下,还

希特勒四大爪牙·邓尼茨

要要分出精力帮助在战场上屡吃败仗的意大利军队,这无疑是雪上加霜。

东线战场占据了德国过多的空军运输力量,运输机单次能够运输的重装备数量十分有限,而在海上,德军的运输舰队又缺乏至关重要的航空母舰的保护,很容易遭到对方袭击。作为护卫,德国海军的潜艇不得不干起了原本应当由护卫舰和航母担当的工作,在海运船队的外围进行护航。但潜艇仅有十几节的航速却大大拖慢了身为被保护对象的商船与运输舰的行驶速度,而这本身也加剧了潜艇的损耗。虽然此时在大西洋海域,潜艇数量仍然以德国为冠,但是一旦海运船队陷入被袭击的境地,潜艇的作用仍然显得有些疲软。为了应对这种情况,邓尼茨下令潜艇加强在交通破坏战中的袭击频率和力度,希望能够用以攻为守的办法迫使盟军继续将海上对抗的注意力集中在保护其自己船队的行动上。

在这一年里,双方的水上水下作战密度急剧上升,为了打通和欧洲的联系并压制德军猖狂的潜艇行动,英美两国都投入了大量的资源部署海上巡逻机和护航航母。德军也加速将更新颖的潜艇投入使用,战斗进入了白热化的状态。然而,由于在资源和部署规模上无法与盟军相抗衡,德国潜艇终于无法承受大规模作战背景下敌人反潜机舰联合的绞杀。1943 年 5 月,在形势所迫之下,邓尼茨不得不将绝大多数潜艇部队撤离大西洋战场,回到近岸制空保护范围内,只留下一小部分潜艇继续偷袭盟军舰艇,而他身为潜艇低级军官的幼子彼得·邓尼茨也在这一年战死在大西洋海战中。

反攻之日的到来

原本，按照德国海军方面的计算，以德国潜艇的战术配置和潜航能力，这种对抗可以维持超过 2 年，足以争取到足够支持德军在东线重新建立稳固的阵线，抵挡苏军的推进。尽管总体看来，目前德军处于相对不利的状态，但在西欧仍然掌握着一定的活动空间和战场主动权。

英国大量屯兵准备登陆法国的情况已经被德国所知道，但是德方认为只要东线能够稳固下来，到时候，由陆军将领中有着最高工兵造诣的隆美尔主持建造的"大西洋壁垒"也会成为让盟军不得不顾忌的一道死亡之墙。那是一道比之马奇诺防线也不遑多让的防御壁垒，围绕法国海岸布置，主要目的就是为了防止盟军以兵团海上登陆的方式重新夺回法国。

但是，一方面，德军潜艇和水面舰队相继被敌方海空力量所压制，不得不退出大西洋海战；另一方面，进入 1944 年以后，来自欧洲和美洲各地的反法西斯部队在英国不断聚集，阵容越来越强大。这两方面因素开始让德国人曾有的那份自信开始动摇。从盟军集结兵力的速度和规模上分析，盟军将要发动的登陆总攻必定是一场规模空前的攻击，这迫使德国人改变了均势防御的策略，而是将多个集团军布置在海岸后方的一定区域内，便于在敌方发动抢滩登陆的时候进行快速机动支援，并将另外几支军团部署在可能遭遇袭击的港口和城市。然而，盟军方面却早已经通过在法国内部安

希特勒四大爪牙·邓尼茨

插的间谍和游击人员了解了德军的这一部署。为了迷惑德国人,盟军假意在靠近法国加莱的英军基地大量集结部队并进行频繁的军事演习,又设置了大量的假战车、假飞机以及假军营甚至办公楼,以此来欺骗德军的间谍和侦察机,使德国人越来越确信盟军抢滩登陆的地点就是加莱,调集了大量部队驻防于彼处。

就在德国人以为一切都已经准备妥当,只待盟军前来便对其施以迎头痛击的时候,1944 年 6 月,一支打着德军旗号的运输船队慢慢腾腾地在黎明前的晨雾中驶向法国诺曼底,船队和普通的运输船一样,没有点亮灯光,也正常地回复了港口灯塔的灯语口令。但是,这支船队在接近港口的时候却陡然加快了速度,并升起了英军的旗号。随即,大批的盟军登陆舰紧跟着开到了位于诺曼底地区的多个海滩,以其中"黄金海滩"为中心展开了强行登陆作战。德国人此时才醒悟过来,但是为时已晚。

当时,德国已经丧失了空中优势,能够起飞夺取制空权的战机数量不足盟军的三分之一。而后者也没有放过这个现成便宜,不仅仅是海上,盟军还组织了大批的运输机从空中进入诺曼底岸防后方,在岸防后方纵深十公里处投下了伞兵与突击装备,他们用携带的炸药、地雷和火炮截断了位于后方的德军预备队对诺曼底火线的增援,并和抢滩的战友们全力夹攻诺曼底岸滩防线中的德军。经过一昼夜的战斗,海滩上,5 个位于不同位置的登陆场都已经打通了和法国内陆的联系,盟军的空军也没有闲着,几乎倾巢出洞。密集的战机群攻击了隆美尔率领的阻击抢滩登陆的精锐装甲部队,硬生生地将 5 个装甲师打成了残废,为盟军拓展滩头阵地争取了足够的时间。至此,诺曼底海岸的防御体系全面宣告失守,在英美海军力量的保护之下,盟军的虎狼之师已然鱼贯杀入法国境内。

纳粹的末日钟声,已经敲响了。

诸曼底破防之后，德军高级军官在元首的召集下举行了一次紧急会议，站在一群灰头土脸的同僚当中的元帅邓尼茨，脑门上第一次出现了因为心虚和焦虑而渗出的汗水。这既是因为诺曼底被敌方攻破，也是因为他一直以来大加推崇的潜艇部队遭受了无法挽救的失败，不仅是在元首和驻守法国的德军面前，更是在全世界面前。诺曼底之役中，担当截击主角的仍然是潜艇。因为大型水面舰艇在海战初期损失严重，后期续建又不受重视，因此德国海军的大型水面舰艇数量并不多，无法协助岸炮掩杀盟军登陆部队。事实上，盟军对德军潜艇的攻击早有准备，选择登陆的通道当中，基本都是英吉利海峡区域内最不利于潜艇活动的地带。

闻听盟军突然发动进攻，毫无准备的德国海军司令部气急败坏地派了一队40多艘的潜艇集群侧应岸防部队协助拦截，但始终难以突破这片盟军舍下血本投入大量舰队组成的"海上战壕"。显然，德国海军40多艘潜艇的拦截，效果不佳。只能改变战术硬着头皮一面佯攻吸引火力，一面派小队的潜艇分别以单舰的形式潜入登陆通道。经过一番拼斗之后，只有13艘潜艇成功地避开了盟军外围舰队的封锁，冲进登陆船队行进的水道。但是，盟军为了安全起见，在多达数百艘的登陆船队中也混编了一些负责贴身护航的反潜舰和装备重型武器的驱逐舰，进一步削弱了德军潜艇所能达到的作战效果。缚手缚脚之下，德国潜艇只击沉了3艘大型舰只，对多如牛毛的运兵船和登陆艇却好不办法。潜艇追击不及，又兼之畏惧盟军外围的舰队向内收缩合围，处于其包盟军众多舰船中央的十几艘德军潜艇不敢多耽搁，立即外撤，但是已经有英军护航的反潜舰折回深水地带前来追杀这批潜艇，并凭借速度优势在潜艇群周围投下大批深水炸弹，阻碍了潜艇群的撤离。眼见对手一副赶尽杀绝的气势，德军潜艇只能使出在大西洋海战中常用的招数——装死。一边尽力降低航速下潜，释放大量压缩空气制造气泡，

希特勒四大爪牙·邓尼茨

一边用尾部的鱼雷发射管喷出潜艇内的杂物和船员的随身物品,伪装成被炸弹击毁、船舱失压沉底的假象。同时,外围的友军部队也在拼命地发起佯攻吸引盟军舰队注意力,这些潜艇才最终得以逃脱。在这场战斗中,德军一次性损失了六条潜艇。但更重要的是,盟军的舰队在德国人或者说邓尼茨一直引以为傲的潜艇部队老家门口占据了主动权,这个结果让自尊心极强的邓尼茨在旁人的目光中感到十分难堪,恨不得让自己也沉入海底。

不过,在会议上,希特勒并没有对海军的失职特别发难,而是重点谴责了情报侦查部门与负责防御的海岸和陆军部队,身为希特勒手下爱将的隆美尔更是被点名批评早期监督布防和登陆当天的阻击不力,后者尽管力陈敌方兵力规模和持续空中打击造成的阻碍,但是这些话都被元首的愤怒所打断了,他对于已经发生的失败似乎完全没有全面检讨的概念,唯一有的只剩下发泄的兴趣。会议最终闹得不欢而散。这次会议让侥幸没有被训斥的邓尼茨松了半口气,也让他见识到了希特勒最糟糕的一面,这个偏执的元首,或许在有些时候够得上一个有着奇思妙想的战略家之称,但是更多的时候,他只是一个活在自己主观世界里的暴躁君主。这就意味着,在今后的作战中,需要考虑和照顾的不仅仅是敌我力量和形势的对比,恐怕还有这位难伺候的主子的脾气。

腹背受敌

到了现在,战场上德国人的主动权几乎已经消失殆尽。东线的哈尔科夫反击战像是垂死之人一次精彩却毫无意义的回光返照,仅仅将战争的天平拨回了一点点,便被对方强盛的力量以无可挽回的趋势压向了颓败的方向。德国陆军进攻苏联,原本就是一次比进攻法国更凶险的军事赌博,但可供凭借的筹码不过是其装甲部队精悍的战斗力,而装备和物资根本没有在考虑之列,更不用说诸如自然因素等其他因素了。

在哈尔科夫之战后,1943 年 7 月,德军集结各条战线上可以抽调的重兵,配合大量坦克和战机,发动了在东线的最后一次战略性进攻——库尔斯克战役,企图用集中的兵力正面歼灭苏军最锋利的主力部队,再利用这股兵力乘胜逆推,将苏军的战线一举击溃。

因为情报的外泄,苏军指挥官朱可夫索性将计就计,布置好了多达三重的防御阵列等待德军的冲击。

德军的尖刀部队在这三重防御阵列的顽强阻击下推进速越来越慢,坦克和战机在双方的正面拼斗中大量损失,这次凶猛的战略进攻就这样被硬生生地遏止了。虽然双方都出现了大量的伤亡,但是苏军仗着本土作战的优势,物资和兵员补给都比较快,德军却赔上了最后的战略资本。

在战役失败后,不得不收缩阵线,疲于应付苏联庞大军队的包围,切断

希特勒四大爪牙·邓尼茨

了后方补给和兵员补充,逐渐将德军的锋芒一一折断或磨钝,最后逼降或歼灭。

在这个过程中,苏联发明的陆战利器——火箭炮居功甚伟,这种武器能在极短的时间内将大量火力倾泻到一片区域形成覆盖打击,由于炮弹自带火箭发动机且可以多发连续发射,加上用普通的卡车底盘就能够搭载,虽然精度无法与传统的管膛式火炮相比,但是射程和射速与机动能力却有了质的飞跃,如同浪潮一样席卷而至的炮弹群更是对敌军能够造成极大的心理震撼。

苏军最初的几支火箭炮部队中,曾有一个射击车组的成员在德军的攻势中与主力部队和负责掩护转移的摩步部队失散了。但是他们并未惊慌,而是持续在德军后方以游击的形式,驾驶火箭发射车对德军进行零散打击,给战线过长的德国人造成了不小的麻烦。

不幸的是,在他们执行最后一次袭击的时候,被德军搜查队发现并包围了起来,虽然火箭弹已经耗尽,但为了避免德国人得到用于发射的载车,车组的红军战士们毅然放弃驾车逃离的可能炸毁了发射车,依托车辆残骸和德国搜查队进行枪战,无一人肯投降法西斯侵略者,最终全部壮烈牺牲,唯一的军官年仅 30 岁。

德国人欠下他们的血仇,被后来的红军战友们用炮火宣泄的怒火数十倍地讨了回来。

几乎是与盟军诺曼底登陆后占据战争主动权同一时间,乘胜追击的苏联红军发动了白俄罗斯战役,在红军后方的精心准备和调配之下,这场反击的大戏几乎成为了炮兵的独角戏。

近 10 万门火炮引领着步兵和坦克切开了身处白俄罗斯境内的德国各集团军之间的连结,如同轰鸣的压路机一样夺回了苏军之前痛失的土地。

德国"中央"集团军群在此役损失了绝大部分兵力,其中将近18个师团的人马被歼灭,白俄罗斯境内占领的据点全部失守。而最让德国人感到恐惧的是,苏联一方面尽可能地发挥着他们重炮重兵合围歼灭的优势,一方面却又积极地吸取着德国人闪击战中对于步兵与坦克协同运用的打法,利用坦克的强大机动力与火力将合围与歼灭形成了一个同步进行却又互不干涉破坏的有机结合体。

如果说一战中"凡尔登绞肉机"只是一场静态的阵地消耗战的话,那么在白俄罗斯战役中,苏军就已经是将自己的双腿和履带化为了镰刀,有条不紊一茬又一茬地收割着德国人的生命。

有生力量无可挽回地大量丧失,迫使德军不得不接连后撤紧缩防线,随着沦陷区相继被解放,苏联和东欧联军的力量得到了空前的壮大,东线,已经是一场必败之仗了。

而西线,也不容乐观。

作为盟军主力之一的美军,由于其本土远离战场,有长时间作战经验的老兵十分缺乏,在参战之初,尤其是北非战场上一度吃了不少败仗,狼狈的程度与当时轴心国中虚有其表的意大利军队几乎相当,被英军讥讽为"盟军阵营的意大利人"。

但是在后期,一批优秀军官加入到了前线指挥当中,尤其是经历了法国诺曼底登陆和解放法国过程中多场恶仗的洗礼,在巴顿、布莱德雷等名将的率领之下,美军成长十分迅速,仅仅三个月的时间,盟军就完成了解放法国和比利时的任务。加上盟军充沛的后勤调运能力和强大的资源储备,使其始终牢牢把占着战场的主动权。而德军丢失了从东欧掠夺资源的能力,本国又无法提供制空支持,因此陆军只能且战且退,一直被盟军从比利时逼回了德比交界处的德国一方才总算在龙德施泰特元帅的指挥下组织

希特勒四大爪牙·邓尼茨

起有效防御并刹住了后退的脚步。不过,盟军方面也才结束了比利时境内的战斗,路上补给通道和前线基地的建设刚刚开始,暂时不具备进一步进攻有完备防御工事的德国本土的能力,因此也不得不停止前进。但无论如何,盟军的军锋,已经压在了德国的胸口上,何时刺下去,只是一个时间问题而已。

那么,现在是要这样坐以待毙,还是在对手准备停当之前奋力一搏?

对于希特勒而言,答案已经不需要说明了。

第九章

帝国"新王"的没落

一样的阿登，不一样的结局

应该承认，无论是谁，在军事上以少胜多地击败并降服了法国这样一个庞然大物，都是一生无法忘记的成就。何况，这是一次军事冒险、甚至可以说是赌博的成果，如同令人难以置信的奇迹一样给它的受益者提供着荣誉和能力上的双重刺激。德国陆军如是，希特勒也如是，但是这种刺激在给予信心的同时，却也让人们几乎忘记了这其中侥幸与风险的存在。

1944 年 11 月，盟军已经抵达德国边境，多次叩袭位于德国西部边界的"齐格菲防线"，在绵密的明暗堡结合形成的工事群火力阻拦下均被击退。尽管未能占得便宜，但是其行动向德国方面传达出了两个信息：其一是盟军的目标远不止讨回被占领的沦陷区国土，还要向德国境内进发；其二，以这种袭击力度来看，盟军暂时还没有在比利时建立稳固的前进基地，一旦对方完成了进攻的部署，这条防线也必将变得岌岌可危。

先发制人，一向是希特勒偏好。在当月中旬的一天，他召集了陆军将领，向他们传达了一份新的秘密作战计划，这份计划当中有一个让大家无比熟悉的名字：阿登山脉。人们都记得，四年前，就是从这条少人知晓的道路，德军神不知鬼不觉地将一个集团军群经过比利时"运"进了法国，一举达成了占领后者的奇迹。眼下，希特勒打算重新祭出这处"救命之路"，以突袭的方式派遣精锐装甲部队冲破驻守在那里立足未稳的美国人的阻拦，拿下比利时境内作为盟军重要补给基地的安特卫普和列日两大城市,并凭借兵力优势赶在法国境内的美英部队支援之前切断比利时盟军的后路并进行围歼。将比利时境内的盟军力量全部扫荡一空,迫使英美方面回到谈判桌上来,只要此役功成,德国就可以减少西面负担,单独对抗苏联了。不过与上次偷袭阿登山脉不同的是,这次并没有曼施坦因的参与,而是由希特勒自己做主制定的计划,这看似微小的不同,在之后的战局中却形成了非常巨大的差异。

在当时,德国的油料储备已经很是贫乏了,空军能够起飞的战机数量十分有限,因此仅被作为要地防空之用。这次德军偷袭比利时的装甲部队与空降兵运输机使用的已经是除了应急份额之外,德国最后一批军用油料中的大部分了。

为了弥补缺乏制空力量的劣势,尽可能发挥作战效能,德军选择了风雪和寒雾弥漫的 12 月 16 日凌晨发动了进攻。未曾察觉阿登山区这种险峻道路居然还能有装甲车辆通过的盟军驻军,直到德国人的炮弹扎进营地才发觉敌人进攻了。在德军的迅猛攻势下,美军驻扎在比利时边境附近的两个团连受袭的消息都没有发送出去就被包围,只能束手投降。德国人脚步丝毫不停,在纵深空降的配合下快速向前突进,到 20 日为止,已经攻破美军防线并形成宽度和深度分别达到 100 和 50 公里的巨大锋形突破区。但是德军前出的部队在一个名为巴斯通的小镇上,遭遇了一股极度顽强的美军部队,这里是通往安特卫普的咽喉要地,易守难攻。美军受第一集团军指挥的第 101 空降师驻守此地,面对德军数天的狂轰滥炸顽强抵抗,尽一切可能阻挡敌军前进的脚步,德军前锋几次突入镇内都被美军的反击打退。这一阻碍大大拖慢了德军前进的步伐,也使原定围歼计划中的最重要一支部队无法按时进入攻击位置。

几天之后，由巴顿和蒙哥马利所率领的援军赶到，与德军在多地展开激战。转晴的天气也使盟军能动用空中力量协同地面部队对德军进行分别围剿，始终无法突破巴斯通的德军受到来自空中的沉重打击，后援部队又被盟军的空袭阻隔无法抵达，如果被盟军地面部队迂回到侧翼突破友军的阵线切断攻势突出部的后路，加上对方拥有制空权，德军前出的部队恐怕就要遭受灭顶之灾了。不得已之下，作为总指挥官的龙德施泰特下令次第撤退。被希特勒寄托了最后希望的阿登反击就这样结束了，美德双方各有9万多和10万人伤亡，但德军因为有几支部队突进速度过快，回撤的时候已经没有足够的油料可用，许多装甲车辆和作战物资都被丢弃在了比利时境内。大量的败兵仓皇地以徒步的方式返回国内，势如崩溃般的表现给德国人带来了不小的震撼。由于这次组织反击的核心力量有相当一部分是从已经很紧张的东线上抽调过来的，这使得东线对抗苏联的德军变得更加力不从心，这场战役的失败，不仅带走了希特勒的希望，也加速了纳粹德国败亡的速度。

陆军的惨淡归来，令邓尼茨颇有一种心有戚戚的感觉。这支在两次大战当中都担当着作战核心的部队，每一次都是以流最多的血和吃损失最惨的败仗为结果。然而令人感到绝望的是，上一次大战里德国海军的遭遇居然也几乎完全重现在了自己的身上。尽管还保有着不小的规模，在战争中也一度令对手闻风丧胆，但末路却十分悲惨。如果说陆军还能拼死作战直到国家宣布投降后解甲归田，而海军一旦失去活动的空间，等待他们的却只有困守龟缩在海港里，等待不知道将会由谁来安排的最终结局。

邓尼茨心中萌生出了一种不平，因为客观来说，这并不是一场公平的战斗，而是盟军方面的各国倚多为胜少带来的结果。然而，他却忘记了，德国作为战争发起者，其背后的动机和战争中的所作所为却也并不是正义

希特勒四大爪牙·邓尼茨

的,而且世界大战本来就是一场不断跟注的赌博,投入到台面上的筹码耗尽,也就等于是输掉了赌局,这才是战争的规则。

无论如何,进入 1945 年以后,德国海军已经没有什么大的作为可言了。尽管海军潜艇部队还保持着相当于巅峰时期 45%的数量,其中有约五分之一的部分还是 1944 年最新两个批次研制出厂的新型潜艇。但是在外海密布的盟军反潜舰机的严密监控与围剿下,加上观测侦查设备的不断改进,形成了十分具有威慑力的反潜网络。无论从目视还是从电子通讯方面暴露潜艇活动位置的风险都居高不下,为了避免大队潜艇因为目标过于明显,以及被发现后在敌方反潜力量打击下造成较大的损失,大西洋海域潜艇活动的集群数量被迫一再缩减,最后甚至不得不恢复到了以往单艇游击并纯以自身携带弹药食水来控制时长的作战形式。

如此一来,相对地也让潜艇的袭击效率变得十分低下,对于有多数舰只护航的敌船很难一举击沉。不过应当承认的是,到了此时,德国在正面战场上的制空权差不多已经被完全剥夺,陆军也失去了境外的全部据点,在失败的阿登反击战后不久,齐格菲防线告破,使西线盟军正式攻入了德国的境内。唯有可隐身水下并独具技术和数量优势的德国海军潜艇部队才仍然在一定程度上保有海上战场的活动与作战的主动权,并且居然还可以与盟军的舰船"有来有往"地进行战斗的状态,尽管这种对比多少有种"矬子里面拔大个"的意思,但对于当时已经被重重围困的德军来说确实已经算是非常难得的成绩了,也因此而使希特勒在自己人生的最后几个月里对海军的表现有了一个全新的评价。

在此之后,德军又发起了多次从本土投射无线电指令制导的 V 系列导弹和火箭袭击伦敦等英国大城市的作战行动,妄图以这种方式迫使盟军后方产生恐慌,阻碍西线盟军前进的脚步。但是德国人的计策没有能够得逞,盟军为了避免德国鱼死网破使用化学弹头袭击别国,加紧了在前线部署空袭力量的脚步,用轰炸机集中摧毁敌方的火箭发射阵地,几次袭击下来,德国境内的军事设施遭受了沉重打击。而与此同时,东线方面,苏联红军也在加快推进的速度,双方几乎是接踵而至,先后攻破德国的边境防线,一举涌入了纳粹德国的土地。

希特勒的遗嘱

　　眼下上演在德国政界的，是一个非常讽刺的场面，越来越陷入战败深渊的德国，与伴随着巨大伤亡节节抵御敌方进攻的党卫军与陆军的悲惨遭遇，却在客观上变成了抬高海军在希特勒心目中地位的助推剂。到了现在这种时候，他的眼睛已经无法从全局和长远的高度来判断事态了，焦躁和烦恼无时无刻不在煎熬着他的情绪，三军之中唯有传来坏消息最少的海军才能充当他的安慰。1945 年 4 月 12 日，盟军三巨头之一的美国总统罗斯福因病去世，这是反法西斯战争的重大损失，无论是英国首相丘吉尔还是苏联领袖斯大林都向这位壮志未酬的战友离开人世表示了哀悼，只有纳粹集团的人们将之视为是战局即将获得转折的"好兆头"，迷信占星术的宣传部长戈培尔得到消息之后欢天喜地地告诉了已经被部下们转移到总理府地下掩体中的希特勒，并恭维称"您与帝国命运的转折即将到来"，希特勒当时也一度十分高兴。然而，他却没有想到，这句话虽然最终应验了，但却是以"一语成谶"的方式成为现实的。

　　1945 年 4 月 16 日，苏军在德国境内的奥得河东侧发动攻势，攻破位于河畔的德军防御阵线，大军成功渡过了奥得河，并在易北河一带的托尔高地与隶属于美军第 9 集团军麾下、从马格德堡方向行军至此的一队美军侦察兵顺利会师。这件事情标志着德国境内已经被反法西斯联盟分割开

来,形成南北两大部分,而他们会师的地点,距离纳粹德国的首都柏林只有区区130多公里而已。

柏林的城破已经进入了倒计时阶段, 强大的红军和东欧联合部队,在战机与各种火炮支援下,不断向柏林的城防区域挺进,一股股的德国守军被他们消灭击溃在柏林郊外。而希特勒身边的亲信却越来越少,他最为得意的两大心腹赫尔曼·戈林和海因里希·希姆莱面对东西两方反法西斯盟军的猛烈攻击相继展露叛意,行为上也出奇的一致,都在私下里与盟军代表联系。试图在保住自身家族和财产利益的前提下与希特勒划清界限,单独投降态度相对和缓的盟军, 而不是对德国有着深刻战争仇恨的苏东联军。这使得希特勒对这两个好处享尽却自私自利的昔日"铁杆"彻底寒了心,恨屋及乌,德国四大武装力量中,除了因为有部分军官密谋刺杀他的7.20事件和正面战场接连失利而一早已经被放弃信任的国防军(陆军)之外,连同戈林所属的空军和希姆莱所一手创立、在前线战场上屡屡建功的党卫军也一同被他视为了玩忽职守和背叛者。戏剧性的发展,令希特勒再次唤起了对一直以来以弱战强且未曾出现大败的海军和邓尼茨的好感。

因为后方就是首都, 而作为元首的纳粹精神领袖希特勒也在其中,此时柏林外围驻防的守军,特别是党卫军部队在防线上对发动冲击的苏军进行了极其顽强的抵抗。尽可能利用一切现成的工事甚至散兵坑、弹坑作为掩体,利用自动武器和中近距离反装甲和面杀伤(如迫击炮掷弹筒等)武器打击进入射程的苏军步兵和装甲车辆。为了抵抗苏联的装甲洪流,在柏林布置防御的时期,德国武装部门专门下发了3万多具"铁拳"反坦克火箭弹和大量的反坦克手雷及地雷,其中有相当一部分被分配到了位于柏林最外围的防线。这里有许多被撤空的民房和空地,被德军部署了相当多的水泥墩、废瓦砾和砍伐下来的树木用以阻挡苏军前进速度,并设置了明暗分布

希特勒四大爪牙·邓尼茨

的火力点和点状罗列的雷区,以近乎敢死队的方式据守并反击苏军。面对不惧伤亡的对手,就只有比对手更加悍不畏死才能取得胜利,苏东联军在多次攻势被击退的情况下也爆发出了死战到底的气势。在朱可夫将军的指挥下,坦克团排成纵列队伍向敌方阵地突进,最前方的坦克担当诱敌和掩护,持续开炮轰击德军,但很快被击毁,后方的坦克就顶着前方坦克残骸继续前进,其后方苏军的掷弹兵和机枪手也向德军阵地扫射进行压制,当逼近敌方阵地之后,跟随在坦克纵队后方的步兵便蜂拥而上,由外而内逐层掩体地与德军进行争夺。最终守军大量战死力不能支,不得不败退逃入柏林城内。苏军随即向两翼扩大战果,清理出一大片可供进攻的空场地带。

在苏军发动对柏林的总攻之前的 4 月 19 日,一直以来因为紧张操劳和焦躁而精神不时出现恍惚的希特勒似乎恢复了一些理智,他下令德国统帅部立即从柏林将所有的高级司令员撤出柏林,取道向北集合其他的德军部队继续在国内组织作战。但在柏林市区的所有军队机关人员全部要投入防御作战,如果有违反命令私逃退却者都将被处死。

就在次日,驻柏林外围的白俄罗斯第一方面军下属远程炮兵部队的"喀秋莎"火箭炮在天空中划出了第一道指向柏林的轨迹,随即苏军万炮齐鸣,对柏林的总攻正式开始了。

此时,远在弗伦斯堡坐镇海军司令部的邓尼茨,正在通讯室里等待从柏林传来的情况通告。由于苏军大兵围困首都,而从齐格菲防线至易北河再到奥得河一线已经被反法西斯同盟军完全控制,德国被南北分割,南方部队已经被完全隔绝在柏林战区之外,而北方陆上距离柏林最近的基地也在数百公里之外,整个北部德国几乎已经没有可用之兵了。邓尼茨不是不想去救援元首,但是他身为海军司令,手下连一个旅规模的陆战部队也无法凑齐。也没有权限调动位于各个陆军基地和空降兵基地的部队。他就像是一条看着码头上起了火但却没法儿登上陆地去进行救援的潜水艇，只能十分被动地干坐在这里等待着来自柏林的消息。希特勒不离开柏林与城防部队一起对抗苏军攻势的决定并不令他感到意外，事实上，这是一个比较正确的决断。如果身为国家领袖的希特勒在这个危急的时刻，抛下一直以来被纳粹宣传机器称之为帝国心脏的柏林，那么带来的影响除了希特勒自己可以保住性命之外，恐怕没有一样是好的。失去了精神领袖，城防部队的作战意志和作战意义将会大大被削弱，很可能会提前在苏军的强大规模和炮火袭击面前崩溃。但是反过来，他为了表现自己甘愿承担起发动战争的责任而在柏林坚守不去，代价却是为了保卫他和柏林而可能牺牲掉更多士兵和民间义勇军甚至普通百姓的生命，作为元首，这种行为似乎也并不算是明智。不过，在自己的士兵和军官面前，他没有把这种情绪表现出来，毕竟，这已经是希特勒最后的决定了。

时至 4 月 27 日，当希特勒终于得知他寄予厚望的柏林外围第 12 集团军与第 9 集团军已经破围无望，无法抵达柏林抵抗苏东联军进攻的时候。后者已经大举压向市区内部的各个德军防御点位，利用坦克炮和步兵冲锋逐个楼房进行清剿，驻守在各个楼房和路口临时工事的反坦克射手与步枪狙击手都被苏军以这种方式打掉。但在巷战中，德军的近距离反坦克炮和雨点一样的手榴弹也给苏军的推进带来了不小的阻力，苏军也不甘示弱地用枪榴弹和手榴弹还以颜色，双方都拼命给予对方最大的伤害，尽管德军占据着防守方的便利，但是面对苏军不惧牺牲的开进，市区的控制权仍然在一点一滴地失去。

眼见召唤第 12、9 两军前来解围的愿望已经破灭，而苏军也正在一步步逼近总理府。希特勒终于放弃了所有的希望，他允许了一些身边的军官以"侦查"和"求援"名义离开地下堡垒。柏林守备司令魏德林建议希特勒紧

希特勒四大爪牙·邓尼茨

急转移,并力陈当前柏林所储备的弹药与粮食即将耗尽的现实,恳请元首能同意在残余兵力的保护下马上进行突围,撤往其他安全地带以便保住性命继续"领导抗争",但是希特勒拒绝了这个建议。在 1945 年 4 月 29 日,知道末日已到的希特勒离开了临时作战会议室,当晚,他和情妇爱娃·布劳恩在地下掩体里举行了婚礼。并向秘书口述了自己的政治遗嘱,在这份遗嘱中,他再次重申了空军和党卫军的失职,并取消了海因里希·希姆莱和赫尔曼·戈林的党籍和一切政府与党内职务,将海陆空党(卫军)四军种当中硕果仅存的卡尔·邓尼茨元帅定为自己的政治继承人。命其在自己死后继任德意志第三帝国大总统一职,以国家最高统治者的身份行使权力,而帝国总理则由保罗·约瑟夫·戈培尔担当。次日凌晨,希特勒夫妇双双自杀身亡,尸体被亲随按照遗命焚毁。携带着遗嘱的军官化妆改扮潜逃离开了被重重围困的市区,辗转踏上了前往北方传递命令的旅程。但是在希特勒死后,戈培尔一家因为一直以来效忠的对象死去,自知将会受到盟军追究,丧失了继续活着的勇气,在 5 月 1 日集体服毒自杀。就在次日,柏林守备司令魏德林来到苏军指挥部,签署了区域性的投降令,原本兵力达一百多万的柏林守军在最后投降时仍然保持作战状态的仅剩 15 万,其余的部分有近 61 万人战死,其余尽皆被俘虏,柏林战役就此结束了。

帝国"新王"与战犯

　　希特勒死了，但是第三帝国却仍然在苟延残喘。当邓尼茨接到这份冰冷而又烫手的遗嘱时，他的脑子木了一下，紧接着就有种仿佛同时飞上青天和坠入深渊的眩晕感觉。直到这一刻，他才真正体会到了前任长官雷德尔元帅所说的"唯有自己"的感觉，现在，他真的成为了主宰这个国家走向的人了。但是邓尼茨无需审视也心知肚明，那位元首丢给他的，已经不是当初那个走出《凡尔赛和约》和经济危机、拥有强大国力和军力的昌盛的德国，而是一个彻头彻尾的烂摊子。数千万嗷嗷待哺的战争难民和三军士兵，以及一大群不知所措或者怀有异心的官员的眼睛都盯在自己的身上。他很清楚，此刻身上所背负的一切，不再是那个发动战争狂人抵抗到底的嘱托，而是整个德国军民的未来。

　　柏林已经被占领并宣布投降，邓尼茨便就近在自己司令部所在的弗伦斯堡组建了新政府。整体领导班子除了已经自杀的戈培尔之外，基本保持了希特勒原本的嘱定人选，由什未林·冯·克罗西克担任首相和内阁主席。但是，就在邓尼茨的政府组阁前夕，有一位不速之客的到来让这个阵容受到了一些影响。这个人就是已经被希特勒逐出了纳粹党和政府的前任党卫军头目——海因里希·希姆莱。身为纳粹政府里犹太人大屠杀最重要的推动者，希姆莱深知自己一旦被捕绝不可能逃过盟军尤其是在东欧承受了纳

粹最多屠杀残害的苏东联军的制裁。他惶惶不可终日地带着自己的人手躲避来自苏军的追赶投奔邓尼茨,并十分低声下气地请求邓尼茨为他在政府里安排一个职位。由于已经从遗嘱中知道了希特勒关于解除这个人一切职务与官衔的命令,邓尼茨感到颇有些为难,并且他自己也并不是很喜欢这个性格阴暗的家伙,但是出于同在日暮途穷的戚戚之感,他勉强收留了希姆莱,并委任他为新政府的内务部长,但严词拒绝了他将纳粹党改头换面继续作为宣传手段的提议。

1945 年 5 月 1 日,新内阁成立之后,为了避免继续无谓的牺牲,邓尼茨下令组织手上所有的运输力量,以代号"汉尼拔"的撤离行动将身处德国东部面临苏军进攻的地区居民和驻军全部撤往西部,并借此释放出德国新政府不再进行强硬抵抗的信息,向反法西斯盟军示好,缓解对方的敌意。

根据眼下这种情况来看,不投降已经是不可能的事情了。为了能在谈判中争取更多的利益,邓尼茨重新研究了形势。原本,他就已经做好了尽力向西欧盟军提出投降并以联合对抗苏联为条件,争取保留军力的准备。但是,无论是早先希姆莱乞求媾和的前车之鉴,还是近在眼前的柏林投降都证明了一件事,在围剿法西斯这件事情上,苏东盟军与西欧盟军的态度全然一致,也就是不接受除了无条件投降之外的任何对话。同时,邓尼茨也十分悲哀地发现,眼下的德国,空有一百多万军队,但是绝大多数已经丧失了进攻乃至防御的能力。以目前反法西斯同盟在德国境内和境外屯驻的兵力来看,如果不惜牺牲地命令包括在挪威等北部沦陷国家境内的德军按照希特勒的想法打下去,那么这场战争倒是有希望延长到 10 月以后的,不过代价则是平均每天被盟军摧毁的建筑和成百上千的官兵和平民的性命。到那时候,德国所失去的,就不只是战场上的地位了,而这也是邓尼茨和绝大多数领导集团成员所反对的。原本,通过谈判特使弗里德堡,邓尼茨已经得到了盟军元帅蒙哥马利的许可，撤除位于盟军分割线另一端的德国南方，在德国北部的军队可以局部投降，这在一定程度上使内阁成员们对于盟军不允许投降的担忧平息了，但是与此相对地，盟军提出的条件却是交出所有的水面舰艇和潜艇甚至商船，不允许保留，也不允许自行凿沉或击毁。

面对这种情况，邓尼茨心中五味杂陈。德国的海军仍然保有一批水面的中型舰艇，水下的潜艇也仍有数百艘之多，分布在德国目前残留的占领区的各个海港中。早在几个月前，眼见战局越来越不利于己方，海军就已经重新启用了"彩虹"计划，一旦作为最高领导人的邓尼茨发出"彩虹"的暗语，自沉行动就会被激活，各艘舰船将会被水兵们统一凿沉销毁，以便不落入外国人之手。然而眼下，在盟军大兵临境的情况下，这些舰船却成了盟军枪口下德国官兵和百姓们可能是唯一的保命符。蒙哥马利的要求对于国人来说无疑是一种程度极深的屈辱，交出作战工具，是一种比公平态度下的投降更加低姿态的臣服，但现在，作为战争的发起一方，面对掌握着制裁权的敌人，尊严如果能卖出与和平等值的价钱，那就已经是令人求之不得的事情了。思虑再三，邓尼茨默然同意了这个条件，并下令全军停止销毁武器，放弃"彩虹"计划。

事实上，在 5 月 4 日之前，已经有许多被盟军占领或已经因为缺乏油料和食物补给而无法出港的潜艇上的官兵在未经许可的情况下，对潜艇进行了自沉处理。难以忍受这种缴枪奉敌的屈辱的潜艇官兵乍一听到邓尼茨发出的这条命令之后都是一片哗然，这与德军的一贯传统完全相悖。许多人认为，这并不是新元首本人的意思，而是受到英国人胁迫，或者根本就是有亲盟军一方的人已经把持了弗伦斯堡，借邓尼茨之口传下这种命令。有两艘潜艇的艇长为了保险起见，指挥潜艇直接开到了弗伦斯堡所在的海域，要求亲自验证邓尼茨的命令。但是接待他们的邓尼茨副官却十分暧昧

希特勒四大爪牙·邓尼茨

模糊地给出了这样的回答："邓尼茨总统的态度很明确,同时,如果阁下是潜艇指挥官的话,您知道应该怎么做。"

这个含混的说法最终酿成了大祸,5 月 5 日凌晨, 德国的各处海港一片宁静,就在 3 点钟左右,一条"彩虹"的暗语突然出现在了各艘潜艇的通讯室里。短暂的沉默之后,位于各地的潜艇突然像是被打入了一针兴奋剂一样纷纷行动了起来,但这次行动不是进攻,而是毁灭自己。绝大多数 U 艇采用了在撤空艇员之后打开舱盖并放开注水阀使潜艇沉入水面以下使舱内灌水沉没的方法,而有些则使用了诸如彼此撞击、冲撞港口或礁石乃至利用炸药自行炸毁等更为激烈的手段,似乎是在将未能战死在大西洋战场上的怨气借用着最后的喧哗发泄出来一样。但最终,这些曾经纵横大西洋的"狼群"在接下来的几天时间内绝大多数都悄无声息地沉入了海底。其中包括了许多仍然处在训练和适应状态的新型潜艇和新造潜艇,珍贵的 XVII 型潜艇足有 10 艘以这样的方式沉没,而其他型号的潜艇沉没总计达到了 200 艘以上。邓尼茨等人不可一世的潜艇部队全数毁灭。邓尼茨在后来的回忆录上曾经写道:"这是德国海军最黑暗的日子,但我希望后人可以用宽容的眼光看待他们。这些人没有和我们一样屈从于征服者提供的和平,而是选择了军人的方式把抗争进行到了最后一刻。"

如果说邓尼茨是"狼群"的头脑,那么这支他为之付出了大量心血的部队可以说已经是他的全部。潜艇部队毁灭之后,邓尼茨有一段时间如同失魂落魄一样,脾气也变得有些暴躁。眼见德国已经到了末路之境,自己一直挂心的"狼群"也全军覆灭,他觉得再没有什么需要顾忌的了。5 月 6 日晚上,邓尼茨不客气地以一封逐客令式的通告信解除了希姆莱的全部职务。但在选择处置方式上,他还是犹豫了一下,没有像部下建议的那样将其直接交予盟军,而是网开一面放走了这个盟军急于捉拿审判的刽子手。以这样一种形式完成了前任元首希特勒的遗命之后,邓尼茨如同结束了人生的所有任务一样变得坦然,在 5 月 7 日派出了弗里德堡、凯特尔等人作为正式代表,赶赴柏林签署了无条件投降书,承诺将包括自己在内的所有德国统治集团成员交予盟军进行处置。至此,纳粹德国于希特勒死后持久弥散的余韵终于被画上了休止符。

　　盟军接管了他的指挥部后,将他和其他纳粹德国的首脑一同押送纽伦堡进行审判。在那里,邓尼茨受到了三项主要指控,即反和平密谋罪、侵略计划和实行罪以及战争罪,除了第一项是希特勒等当时的纳粹高层主持而被洗脱之外,后两项全部成立,因而被判处了 10 年徒刑。邓尼茨表现得十分冷静和淡定,他没有像戈林和希姆莱一样服毒自杀,而是在狱中坚持活着。东西德被盟军和苏军分别接管之后,他被安置于西柏林的施潘道监狱,狱中环境并不是很好,但邓尼茨并没有表露出不适应的行为,甚至在狱中还保持着锻炼身体和读书的习惯,似乎直到此时他还在奉行着身为一个德国军人的本分,并不时在与其他人甚至看守的士兵交谈中流露对于希特勒和纳粹德国的怀念,这种态度也使得他成为了纽伦堡审判之后被关押时间最长的原纳粹德国高级人员之一。

　　直到 1956 年,邓尼茨才被释放回家。之后的余生中,他将自己的一生经历写成了两本书,描述了自己作为军官直到总统的心路历程,但是书中近乎完全没有对他在二战中指挥潜艇攻击敌方民用船只的行为表达过忏悔。1980 年,已经是 90 岁高龄的邓尼茨身体终于油尽灯枯,在这一年 12 月 24 日平安夜当天,他因为心脏病离开了人世,结束了这曲折而又复杂的一生。

希特勒四大爪牙·邓尼茨

邓尼茨生平大事年表

1891年9月16日,邓尼茨出生在距离德国首都柏林的一个美丽的小镇格林瑙。

1895年,母亲安娜·拜尔去世。

1910年,应征入伍,在海军军校学习,成为一名见习水手在帝国舰队"汉莎"号巡洋舰服役。

1911年,升职为见习军官,在帝国舰队"汉莎"号巡洋舰服役一年。

1912年,担任"布雷斯劳"巡洋舰海军候补军官。

1913年9月27日,晋升为海军少尉。

1916年,晋升为海军中尉,与茵戈波·韦伯结婚,在德国海军U—39号潜艇服役。

1917年2月,参加第一次世界大战,在海上作战表现良好。

1918年,担任潜艇UC-25的艇长,由于突出表现荣获骑士十字勋章。同年,又担任UB-68潜艇的艇长,但在一次海战中被俘,监禁于英国约克夏战俘集中营长达10个月之久。

1919年,被英国释放返回德国,重新加入德国海军部队;由于凡尔赛条约的约束,邓尼茨担任魏玛共和国国家海军中的T-157鱼雷艇艇长。

1935年,回到德国潜艇部队服役,出任纳粹德国潜艇第一区舰队司令。晋升为海军上校。

1936年,任海军潜艇部队总司令。

1939年,晋升为海军准将和潜艇指挥官。

1943年,原海军总司令埃里希·雷德尔被免职,邓尼茨担此重任出任海军总司令,军衔晋升为海军元帅。

1945年5月1日,接任纳粹德国国家元首和最高司令,在德国即将走向衰亡的时候,邓尼茨组建了新政府并打算在柏林签署无条件投降书,随后实行了汉尼拔行动命令;同年,邓尼茨被英军逮捕。

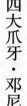
希特勒四大爪牙·邓尼茨

1946年,在纽伦堡国际军事法庭被判有期徒刑10年;

1956年,刑满获释,继续在当时西德境内进行亲纳粹和复仇主义宣传;

1980年12月24日,病逝。享年90岁。